COLEÇÃO
JOVEM LEITOR

CARLOS HEITOR CONY

TEMPO E OUTROS TEMPOS

APRESENTAÇÃO **ANDRÉ SEFFRIN**

EDITORA
NOVA
FRONTEIRA

Editora Nova Fronteira Participações S.A.
Av. Rio Branco, 115 — Salas 1201 a 1205 — Centro — 20040-004
Rio de Janeiro — RJ — Brasil
Tel.: (21) 3882-8200

Ilustração de capa: Zé Otavio

Dados Internacionais de Catalogação na Publicação (CIP)

C786t Cony, Carlos Heitor, 1926-2018
Tempo e outros tempos/ Carlos Heitor Cony; apresentação por André Seffrin – 1a ed. – Rio de Janeiro: Nova Fronteira, 2024.
248 P.; 13,5 x 20,8cm; (Coleção Jovem Leitor)

ISBN: 978-65-5640-694-7

1. Literatura brasileira. I. Título.
CDD: 869.2
CDU: 82-2 (81)

André Queiroz – CRB-4/2242

Conheça outros livros do autor:

Para
José Heitor,
sangue do meu sangue.

Reuni neste livro algumas crônicas que publiquei na *Folha de S.Paulo*, e em outros jornais e revistas, a partir de março de 1993. Não há ordem lógica ou cronológica nos textos que escolhi, a não ser o próprio título — o tempo datado e desperdiçado.

C.H.C.

Sumário

Apresentação 15

O presidente e o cigano 19
O barco 20
Genealogia das opiniões 22
A fabulosa fábula 24
Moto próprio 25
O tempo dos fármacos 29
Espingarda de matar búfalo na curva 30
O curador de resíduos 32
O abominável umbigo do desembargador 34
Gargantas profundas 37
Espumas flutuantes 38
Meus trinta dinheiros 39
Se eu tivesse um barco 40
Relíquias do nosso tempo 42
Profundamente 43
Escombros e alegorias 44
Lavando a égua 45
Obituários 47
O viés das palavras 48
O menino e o velho 49
Do direito de não informar 50
A fala do trono 52
O bom momento 53
O bacalhau e as modelos 54
Preferências fundamentais 55
Rainha das estações 57
Foi a abadessa 58
Moça em estado de graça 59

Uma história banal..60
A hipoteca social..62
Eu e a brisa..63
O bufão e o rei..64
Mussolini e o engraxate..65
Goiabada..66
Espanto na lagoa..68
O senhor da hora..69
O guarda que comeu a empada..70
O Rio não é mais Brasil..71
Quando os mestres se encontram..73
O que está faltando..74
Novidades..75
Ratos e homens..77
O pato rouco..78
Problema recorrente..79
No banco dos réus..80
O vermelho e o negro..82
O leão e o porco..83
Quanto custa um preso?..84
No meio do silêncio..85
Os sábios de Trento..87
A grande mágica das favas..88
Crise nunca mais..89
Adeus, Leôncio!..91
A moça malcomportada..92
Os canhões de Copacabana..93
A toalha e o facão..95
O colosso de Trump..96
A mulher do padeiro..97
A redundância do bode..98
Amenidades e leitores..100
Buchada de bode..101

Perguntas na CPI 102
Uma proposta modesta 103
O sino do Arpoador 105
Nos tempos da onça 106
Convenção de Genebra 107
Fato histórico 108
Os sapatos do coronel 110
A bagaceira e *O quinze* 111
Lição de vida 112
O buraco da memória 113
Velhas e queridas 115
Obras-primas 116
Tombamento inútil 117
O cheiro do dinheiro 118
Incenso, ouro e mirra 120
O animal teimoso 121
Lula e os leões 122
Mar aberto 123
A glória e a flanela 125
O fim do domingo 126
Fora todos! 127
Salgueiros e harpas 128
Favas contadas 130
Os finados e a chuva 131
Loucura como método 132
Viva a fome 133
O elogio da mentira 135
Gregos e troianos 136
A página perdida 137
Fabricação caseira 138
O que vale a pena 140
As time goes by 141
O rei dos reis 142

A seleção de Belém 144
Escombros de junho 145
Esquema de salvação nacional 146
O velhinho do Iseb 148
Maldição de primavera 149
Ele está entre nós 150
Pranto para Lima Barreto 151
Vendi a alma 153
Milagre para o homem covarde 154
Vésperas de Natal 155
A vaca e o sonho 157
O milagre das bananas 158
Fellini 159
O camelo e a agulha 161
Itinerário do fim 162
Noturno da Lagoa 163
O rei e a lei 165
O príncipe e o anão 166
O pavão e o cágado 167
Brasil, abril de 1993 169
O grande pacto 170
O melhor verso 172
Montaigne & Gilberto Freyre 173
Plagiar é preciso 174
A morte anunciada 175
O sinal da cruz 177
Proibição inútil 178
A justiça é cega 179
Brown & Freed 181
O Barba Roxa e o Arruda 182
Judas e o Sacadura 183
A lâmpada de Érico 184
A "Ave-Maria" de Schubert 186

Anúncios e reclames 187
Ou César ou nada 188
O momento da verdade 189
A fartura e a fome 190
O Guedes 192
O penico de Napoleão 193
Coisas que acontecem 194
Mundo, vasto mundo 195
Discurso-padrão 197
O grande homem 198
Autofagia das esquerdas 199
Antônio Callado 200
Dorival Caymmi 202
Política faz mal à saúde 203
O fardo dos fardões 204
A voz do povo 205
Vermute e amendoim 207
São Brás 208
O marinheiro do rio Arruda 209
Dakar e Barra do Piraí 211
A verdade acima de tudo 212
Noites de outrora 213
Tanta Rachel 214
O tenor e o barítono 216
Sem olhos e sem dono 217
Laranjas e livros 218
Céus e terras 219
A passionária 221
Brasil brasileiro 222
O melhor livro 223
Judas, o arrependido 224
Questões de família 225
Edição final 227

Areia de Pajuçara ... 228
A língua destravada ... 229
Vidraças e estrelas ... 230
Genealogia do nada ... 231
Visões e previsões ... 233
Vamos até lá ... 234
A reabilitação das galinhas ... 235
Chapéu na mão ... 237
Ossos do ofício ... 238
Barril de cerveja ... 239
O menino triste ... 240
Ainda que não olhemos para trás ... 242
O menino e a janela ... 244

Sobre o autor ... 246

Apresentação

André Seffrin
Crítico e ensaísta

Há momentos em que o cronista se repete. Não o culpe. A vida é também repetição, e se repete de vários modos. A vida gosta de copiar-se a si mesma desde os mais antigos tempos. Passam-se décadas e continuamos a tratar dos mesmos assuntos, no agito ou na monotonia cotidiana: alta dos juros, inflação, dívida externa, crescimento da violência, crença ou descrença, burocracia, fim dos tempos, esperança, falta de esperança, falta de caráter, amores desastrados, preconceitos, injustiças, nascimentos, mortes... E é tanta a complexidade do mundo atual que o cronista, para fugir do assunto ou dos assuntos mais graves, até se repete na evocação da chegada da primavera, que é o mais sovado lugar-comum de poetas e cronistas. Levanta essa lebre na crônica "A rainha das estações":

> Ocupo este cantinho do jornal há dez anos e dez vezes saudei a chegada da primavera. Este ano, ia esquecendo de saudá-la, mas ainda há tempo. Para falar a verdade, não sou muito amarrado à chamada "rainha das estações", prefiro o verão, quando é bom suar. Mas não custa ser bom menino e obedecer à professora, que na certa me dará péssima nota e reclamará que todos os anos eu escrevo a mesma coisa.

Páginas adiante, volta a lembrar da primavera, que desta vez deplora porque sua estação preferida é o outono. Repete-se o cronista porque cuida debulhar assuntos do cotidiano — entre cimento e árvore, acertos e desacertos, frustrações e demais riquezas ou pobrezas. E assim o cronista escreve, o cronista opina, o cronista ri — de si mesmo e dos outros, e um pouco mais de si mesmo, sempre.

A crônica comporta a vida e seus absurdos, felliniana vida, inteira ou aos pedaços, muitas vezes na mentira ou na verdade que se traduz no superlativo das fábulas. Que funcionam neste livro para avivar ainda mais os significados e possibilidades dos desenhos da vida. E se tem predominância nestas páginas nosso patético cenário político, Cony, no entanto, sabe conduzir este e outros temas pesados com a navalha do humorista ou a leveza do poeta lírico. Sabe ele equilibrar muito bem estes seus dois temperamentos e o humor é seu apoio mais frequente. Nessa hora, é flagrante a herança de outro cronista maior, Machado de Assis, aludido na crônica "Uma proposta modesta" e em outros tantos momentos do livro, alguns até incômodos ("Pranto para Lima Barreto"). Já a sua porção lírica em geral se manifesta quando resolve tratar de si mesmo e do seu passado, quando, em memórias e confissões, a poesia o ilumina e alimenta boas cismas, como nas crônicas "O bom momento", "Eu e a brisa", "O buraco da memória", e tantas outras de mesmo timbre — a última citada cuida do motivo que o levou a escrever o romance *Quase memória*, obra-prima de nossa literatura.

Romancista, contista, cronista, jornalista, biógrafo, autor de literatura infantojuvenil, Cony, por mais de cinco décadas, manteve-se forte no jornalismo impresso (outros tempos!) e ainda como comentarista de programas de rádio e roteirista de TV e cinema. Em seus romances — *O ventre* (1958),

Tijolo de segurança (1960), *Informação ao crucificado* (1961), *Matéria de memória* (1962), *Antes, o verão* (1964), *Pessach, a travessia* (1967), *Pilatos* (1974), *Quase memória* (1995), *O piano e a orquestra* (1996), *A tarde da sua ausência* (2003) etc. —, sem medo de ferir ou ferir-se, abismou-se nos dramas existenciais da pequena burguesia urbana carioca. Autor de biografias de políticos (Juscelino Kubistchek, Getúlio Vargas) e artistas (Charles Chaplin, Orlando Teruz), publicou quase uma dezena de livros de crônicas *Da arte de falar mal* (1963), *O ato e o fato* (1964), *Posto seis* (1965), *Os anos mais antigos do passado* (1998), *O harém das bananeiras* (1999) e, entre outros, *Eu, aos pedaços: memórias* (2010), somados hoje a este *Tempo e outros tempos*. Matéria intemporal em seus alcances e lição de coisas.

De um narrador que nunca disfarça o riso de canto de boca — aquele mesmo riso que é marca de três outros gênios da crônica, o já referido Machado e mais Antônio Torres (o mineiro de *Verdades indiscretas*) e Rubem Braga — riso que tritura mágoas e desencantos. Para nossa surpresa, afirma não entender nada de política ("Amenidades e leitores"), embora o eixo deste livro discuta, sobretudo e exaustivamente, fatos políticos. Verdade é que seus livros de crônicas nunca dispensaram a política, e o mais famoso deles, *O ato e o fato*, é um paradigma de nossas mais recentes esgrimas políticas, assim como o romance *Pessach, a travessia*, ambos contundentes manifestos contra as atrocidades praticadas pelos militares depois do golpe de 1964. Aqui, revisita alguns daqueles tristes episódios, sem dispensar outros, posteriores, tão tristes quanto.

Por fim, apesar das repetições, mudam-se os tempos, mudam-se as vontades — já dizia o maior poeta da língua (e se é preciso lembrar: Camões), sempre no radar do cronista. Como também referências às escrituras, aos clássicos gregos e latinos, aos clássicos de todos os séculos e ainda aos mais próximos: Manuel Bandeira, Jorge de Lima, Rachel de Queiroz, Drummond, Erico Verissimo. Seu radar de fato nunca dispensou essas referências primordiais, não como moldura que em vários momentos o socorre, mas como ponto de inflexão frente ao miúdo do dia a dia, os casos e acasos aparentemente sem importância. Encantado por um barco carcomido pela maresia ou atraído pelo significado de uma palavra ("esconso", por exemplo), o cronista indaga, o cronista mergulha em melancolia, o cronista sonha, o cronista ri — aqui, ali e em outros lugares, no esconso de certas sensações ou imagens, em qualquer ponto da vida ou notícia que possa motivar uma ou mais fábulas fabulosas, e este livro é repleto delas.

O PRESIDENTE E O CIGANO

A nação não se preocupou, devidamente, com os infortúnios que se abateram sobre o presidente Itamar Franco. Desde que assumiu o poder, ele tem experimentado graves provações: perdeu a mãe, a noiva e a popularidade. Em compensação, ganhou um terçol e uma dor de dente das antigas com direito a "puz" na velha ortografia. Não conheço, nos fastos republicanos, nenhum antecessor do atual presidente que, em tão pouco tempo, tenha passado por tal e tanto.

Garantem os entendidos que essas coisas acontecem com as pessoas deslocadas de seu ofício e temperamento. O general Figueiredo, por exemplo, exerceu a presidência a contragosto e teve uma sucessão de moléstias, desde a obstrução dos canais lacrimais à implantação de pontes de safena, passando por complicadas crises de coluna: ele não se sentia confortável onde estava, preferia a intimidade dos cavalos e a distância dos políticos.

Talvez não seja esse, exatamente, o caso de Itamar Franco. Afinal, ele obteve confortável carona na chapa de Fernando Collor por vontade própria e em nenhum momento pensou em abandonar a luta, ao contrário do titular do mandato que, em dado instante, literalmente e por força maior, teve de abandonar a raia.

A partir da posse, sente-se na presidencial figura uma expressão de "não-sei-o-que-estou-fazendo-aqui". Ele declara que é contra tudo o que está acontecendo: juros altos, inflação altíssima, remédios irremediavelmente fora de qualquer controle. Bem verdade que emplacou a ideia de ressuscitar o Fusca — um duende doméstico e sentimental que combina espantosamente com seu terçol e sua dor de dente.

Seu mandato não é longo. Mesmo assim, ele ainda terá tempo para comover a nação contraindo, em seu devido tempo, sarampo, catapora e caxumba.

★

De hora em hora Deus piora: o Otto Lara Resende se foi e aqui estou eu, neste canto da *Folha*, não para substituí-lo, mas para exercer aquela função que o ministro Eliseu Resende esboçou esta semana como plano econômico nacional: tapar buraco. Reconheço que a tarefa não é fácil para ele, cuja especialidade não é tapar, mas fazer buracos. Já o cronista de jornal, segundo imagem bastante sovada, é como o cigano que toda noite arma sua tenda e pela manhã a desmancha, olha o horizonte e vai.

O BARCO

O mais importante é o cheiro. Afinal, não passa de um velho barco, descascado em suas listras de cores, cheio de rachas que deixam entrar água. Não é sólido nem belo, embora navegue bem: parece um ataúde desbotado, sem a parte de cima, afilado na proa. Felizmente boia, apesar de sua estabilidade — conforme pude comprovar — ser precária.

Tem três bancos, sendo que o da popa é móvel, podendo ser removido para a colocação de um hipotético motor. O da proa nem pintado está: na verdade, não passa de uma tábua encaixada no vértice das duas partes laterais do barco. Olhado em conjunto, parece um embrião e uma ruína.

Mas há o cheiro. Cheiro de marés, de areias molhadas, de ventos e ondas, sobretudo de peixe secando ao sol. Este é o cheiro que fica no meu corpo, depois da pescaria.

Foi numa tarde que decidi comprá-lo. Tomei informações aqui e ali, indicaram-me os barcos aportados no canal, eram pesados, enormes e caros. Não, não me serviam. Num botequim onde fui tomar um trago, ouvi dizer que nas proximidades do Forte, na pequena enseada que marca o fim da praia, havia pescadores que vendiam barcos.

— Procure o Vavá. Ele tem o que o senhor deseja.

Vavá tinha se feito ao mar: aproveitara o cair da tarde para jogar suas redes, a pouca distância da praia.

Um velho pescador sem a perna direita, apoiado numa canoa em escombros, apontou em direção ao largo:

— Ele está ali, jogando a rede, depois daquelas pedras.

— Demora muito?

— Não. Deve estar de volta, por causa da maré.

Caminhei pela areia áspera e suja. Ali funcionava uma pequena colônia de pescadores, a praia estava cheia de detritos, latas enferrujadas, pedaços de redes e barcos que haviam entrado em decomposição. Sentei-me num deles para esperar Vavá. A madeira da canoa estava esburacada e se via a areia pelo fundo do barco. A velha barcaça apodrecia, fustigada pelo vento e pelo sol, mas conservava as suas linhas esguias e amigas. Fora uma canoa valente, a proa alta, forte e solitária. Na popa, uma pequena prancha de madeira servia aos homens para limpar seus peixes. Havia escamas ressequidas e viscos de sangue, o forte cheiro de maresia e conchas.

Quando olhei em direção ao mar, vi a silhueta pequenina de um barco, surgindo das pedras que formavam uma espécie de ilha, quase à minha frente, uns duzentos, trezentos metros da praia. Os remos eram suspensos com cansaço, mas em ritmo seguro, espaçado. O remador procurava cortar a correnteza em diagonal, evitando penetrar nas águas profundas. Vinha costeando as pedras, o mais próximo possível. Teria de vencer o canal, estreito naquele trecho, e logo entraria no remanso das águas que o trariam de volta.

Ao meu lado, o pescador sem a perna apontou naquela direção:

— Aí vem o Vavá.

À distância, o barco parecia uma tábua perdida, flutuando por acaso sobre a água, resto de remoto naufrágio. Só parecia barco quando os dois remos se erguiam das águas e faziam brilhar, ao sol da tarde, as suas pás encharcadas.

Calculei que, naquele ritmo, teria de esperar uns dez minutos pela chegada. O vento da tarde começou a soprar mais forte, ainda morno, um pouco pesado. Devia estar dificultando o remador, lá fora. E queimava em minha pele, castigada pelo sol e pelo sal daqueles dias.

"Bem, aí tenho o meu barco. O primeiro brinquedo, desde que fiquei homem."

Angela vinha vindo, trazida pelo vento e pela tarde. Apertou-me a mão:

— Olha o nosso barco. Como é bonito!

Genealogia das opiniões

Uma pergunta que sempre me faço e acredito que outros também a façam: de que se alimenta a mídia, principalmente os jornais, que não dispõem dos recursos da imagem em movimento e do som?

TV e rádio podem dedicar hora e meia a um jogo de futebol, duas horas à transmissão de um show ou de uma missa solene do papa, quatro horas a uma ópera comprida, como qualquer uma de Wagner. O jornal tem menos espaço — um espaço que custa caro e que atende a um público heterogêneo e apenas provável.

Daí, talvez, a necessidade de apelar, não para o herói do dia, mas para o vilão do dia. Eles se sucedem no noticiário compacto, no texto dos colunistas e nas charges, sobretudo quando se atravessa um tempo de corrupção abundante e quase generalizada como o atual.

Parece que sempre foi assim. Creio que já lembrei o exemplo histórico de uma época em que não havia rádio nem TV. Foi por ocasião da fuga de Napoleão da ilha de Elba, quando conseguiu fugir e chegar a Paris para retomar o poder, embora por apenas cem dias, sendo logo derrotado em Waterloo e confinado em Santa Helena, longe demais da Europa para a hipótese de uma nova fuga.

Quando os jornais de Paris souberam da fuga, estamparam em manchetes colossais: "O criminoso fugiu da prisão!" Dias depois, os mesmos jornais noticiaram com estardalhaço: "O facínora desembarca na costa francesa!" Mais alguns dias, e a manchete de todos os órgãos da imprensa parisiense berravam em letras que ocupavam metade das primeiras páginas: "O bandido passa por Lyon." Finalmente, mais alguns dias, e as manchetes mudavam de tom: "O imperador chega a Paris!"

O exemplo talvez não sirva para nossos dias. No caso de Napoleão, o vilão tornou-se herói. Não é o que ocorre no Brasil, onde os vilões continuam vilões até o fim, mesmo que a Justiça, em instância superior e definitiva, contrarie a opinião da mídia.

A fabulosa fábula

Era uma vez um hipopótamo que, certo dia, ao se levantar da cama e ir escovar os dentes, descobriu que tinha se transformado em pulga.

"Que é que eu vou dizer lá no trabalho?", pensou o hipopótamo enquanto procurava escovar os minúsculos dentes com a sua enorme escova habitual. "Se eu telefonar para o chefe, ele não vai acreditar e pensará que estou com preguiça e evitando o balanço anual da firma. Mas se eu disser 'Virei pulga durante a noite', estarei dizendo a tão só verdade."

E pensando assim, resolveu o hipopótamo fazer uma coisa que nunca havia feito na vida: mentir.

"Sim, preciso mentir, pois do contrário esse conto vai sair muito parecido com um conto de Kafka. E vão criticar o autor, acusando-o de plagiário e sem imaginação. Há que ser solidário com ele, que os tempos estão magros."

Isto posto, o hipopótamo telefonou para a repartição:

— Olhe, avise ao chefe que amanheci com dor no fígado.

— Dor onde?

— No fígado.

— Pode ficar descansado. O médico da firma irá visitá-lo antes do meio-dia, para atestar.

O hipopótamo desligou e meditou tristemente sobre as inconveniências da mentira.

"Taí, vou fazer um papelão, o médico verá que não tenho nada no fígado, nem sequer tenho fígado, sempre ouvi dizer que as pulgas não têm fígado."

O hipopótamo pensava na besteira que fizera, quando chegou o médico.

— O senhor é que é hipopótamo?

— Não parece, mas sou eu, sim, senhor.

— Onde está sentindo dor?

— No fígado.

— O senhor bebeu ontem à noite?

— Não. Sou abstêmio.

— Então abra a boca.

O hipopótamo abriu a pequenina boca de pulga e pensou: "Agora é que o médico vai ver que não sou mais hipopótamo, que me transformei numa pulga sem boca. Sem boca e sem fígado."

— Pode fechar.

Alguma coisa passou a acontecer, o hipopótamo não mais entendia. Viu o médico tirar da maleta o bloco das receitas e escrever um poema que começava com estas palavras:

"*Sic te Diva potens Chypre, sic fratres Helenae lúcida siderum.*"

— O senhor é poeta?

— Não está vendo que eu sou médico? Isso aqui é o poema de Horácio dedicado a Virgílio, que embarcava para a Grécia a fim de escrever as memórias póstumas de Brás Cubas. Sou um humanista, entende?

O hipopótamo entendeu.

— Vá. E tome isso aqui de duas em duas horas. Descanse bastante e não ouça rádio. Amanhã estará bom.

Nisso, o hipopótamo virou hipopótamo outra vez e, para seu espanto, viu o médico virar pulga. O hipopótamo pisou em cima da pulga, matando-a. Depois, tomou banho, escovou novamente os dentes e foi trabalhar.

Era humanista.

Moto próprio

Tinha 27 anos e uma motocicleta. E não tinha mais nada, nem precisava, porque era onanista convicto e esforçado.

A bem da verdade, deixou de ser onanista no dia em que conseguiu ser dono da motocicleta, pois suas necessidades básicas ficavam plenamente supridas e gratificadas com a bastante existência da moto entre as suas pernas. Sim, amava a moto e de moto próprio não amou mais nada, a não ser a própria moto.

Sua vida passou a ser monástica: vivia trepado na moto e amava correr pelas estradas, sentindo entre as pernas o morno trepidar dos 57 cavalos de seu motor. Tinha então a sensação bem-aventurada de ser um deus, dono do mundo e, muito mais importante do que o mundo, dono de seu próprio destino. Não saía de cima da moto para nada, nem para comer nem para beber, e, como não comia nem bebia, não precisava sair de cima dela para fazer as necessidades decorrentes do comer e do beber.

Tampouco dormia. Não sentia necessidade de descansar e não tinha sono, pois a moto o ocupava integralmente, tal como a presença de Deus ocupava a alma dos místicos do deserto. Bem verdade que alguns desses místicos apelavam para uma dieta à base de gafanhotos. Deus, afinal, é uma abstração, ao passo que a moto era uma presença física que lhe enchia o vazio das pernas e da alma.

Andava sem itinerário definido, nunca ia a parte alguma, pois já se considerava em todas as partes. Adquiriu aquela onipresença vital — própria também de Deus — de se bastar e de ser em todos os lugares e modos. O rapaz virou Deus.

Não se preocupava com o Bem e o Mal, que não mais existiam para ele. Tanto não existiam que o único mal que poderia existir seria a moto enguiçar ou a gasolina acabar. Mas a sua moto era eterna, nunca apresentava defeitos e a gasolina também nunca acabava, pois a força das coxas que espremiam o corpo da moto entre as suas pernas era tanta e tamanha que o motor e os 57 cavalos não precisavam de combustível outro ou de qualquer outra energia. O rapaz era a moto e a moto era o rapaz.

O sol ou a chuva em nada afetavam o rapaz ou a moto. De dia ou de noite, a marcha era a mesma, e mesmo o trepidar. As pessoas que, ao longe, viam passar aquela moto e aquele rapaz pensavam que era um anjo, ou o próprio Deus descido à Terra para salvar a Humanidade que se perdera ao longo das estradas. O rapaz não ligava para a admiração que causava, admiração que aos poucos se transformou em adoração. Muitos camponeses, quando viam ou ouviam a moto, ajoelhavam-se à beira das estradas e rezavam, pedindo proteção para as colheitas. Uma lenda logo se formou: por onde o rapaz e sua moto passassem o chão se abriria, fecundo, em frutos e flores.

Muitas jovens sonhavam, à noite, que o rapaz louro e sua possante máquina chegavam, e elas acordavam em delírio e orgasmo, pois o rapaz louro e sua morna máquina entravam pela carne das virgens. Foram criados alguns exorcismos específicos. A fim de impedir que as púberes caíssem em sonhos tais, mas assim mesmo, numa certa região dos lagos gelados foi dito e escrito que, depois de ter tido um sonho com o rapaz e a sua moto, uma virgem pariu uma pequenina motocicleta, de 15 cavalos apenas.

Depois de algum tempo, o rapaz e sua moto começaram a preocupar as autoridades constituídas, que desejavam conhecer os propósitos daquela marcha que nunca chegava ao fim. Também os deuses se ocuparam do rapaz e de sua moto, pois sentiam que alguma coisa de anormal ocorria no mundo onde tudo deveria ser normal.

Os deuses se juntaram às autoridades numa reunião secreta e deliberaram dar um fim ao rapaz e à sua moto, mas era impossível acabar com os dois, ao mesmo tempo. Sabia-se que a moto era indestrutível, nem o fogo nem a água podiam contra ela. O rapaz, por sua vez, apesar de mortal e carnal, enquanto estivesse por cima da moto seria também indestrutível, nem o fogo nem a água podiam contra ele.

Então, o mais velho dos deuses sugeriu um acidente que poderia acabar com os dois inimigos da lei e da Natureza.

E foi assim que, num dia de maio, ao cair da tarde, o rapaz vacilou um instante diante do sol que se punha no horizonte, à sua frente. Não viu uma enorme árvore que tinha muitos galhos para dentro da estrada. Quando o rapaz percebeu que ia bater na árvore, freou rapidamente a moto. A velocidade era grande — o rapaz só andava a 150 quilômetros por hora — e o seu corpo foi projetado para a frente e para o alto. Estatelou-se nos galhos da árvore, e, pelos muitos anos em que vivera trepado na moto, o rapaz ficou de pernas abertas, como se entre elas tivesse, ainda, a sua moto.

Por sua vez, a moto, travada à força, logo depois de ter expelido a carne de seu dono continuou a marcha, já então desgovernada, para cima e para a frente, de tal modo que, de moto próprio, encravou-se justo entre as pernas do rapaz. A velocidade tamanha, e tamanha a vontade de voltar à carne do dono, que ela penetrou pelas nádegas do rapaz, sodomizando-o sem dor e sem sangue.

De longe, os deuses viram que a moto fora tragada pelo rapaz e providenciaram que o rapaz, agora que comera integralmente a sua moto, fosse morto como qualquer mortal. E assim foi feito.

Abalado pelo acidente, e pelo inusitado de sua vida (como poderia viver sem ter entre as pernas a sua própria moto?), o rapaz desintegrou-se, se sentindo feliz ao perceber que a moto, numa fidelidade póstuma, incorporou-se à sua própria carne.

Ainda os deuses, em sabendo o rapaz destruído, providenciaram que o seu corpo desaparecesse — única forma de fazer desaparecer, também, a indestrutível moto que nem o fogo e a água podiam contra ela. Aproveitaram o cair da noite e sepultaram os escombros do rapaz e da moto no túmulo do vento.

As autoridades bateram palmas.

Quando o dia raiou, nada mais havia do rapaz e da moto. O mundo continuou com suas estradas assassinas e suas árvores criminosas. Os deuses se sentiram recompensados e as autoridades, depois de muito bater palmas, foram bater as populações vizinhas, cobrando impostos, taxas e demais posturas a que tinham direito pela lei.

O tempo dos fármacos

Fiquei alarmado quando perguntaram a meu pai se ele era rico ou pobre. O pai respondeu: "Sou remediado." Achei que ele estava mentindo, pois nunca o vira tomar qualquer remédio. Quando tinha dor de cabeça, botava na testa rodelas de batata molhadas em vinagre, amarrava-as com um lenço de seda, ficava parecido com um condenado à cadeira elétrica, cheio de eletrodos mortais.

Acredito que a expressão tenha saído de moda, mas nunca houve tantos remediados, ou seja, gente que toma muitos remédios. Para emagrecer, para engordar, para baixar ou para subir a pressão arterial, para aguentar a barra de todos os dias, para dormir, para trabalhar, há remédio até para evitar a queda de cabelos e angústias existenciais.

Conversando com um médico que acaba de fazer estágio num grande laboratório norte-americano, ele se declarou preocupado. Qualquer remédio (ele não falou "remédio", falou "fármaco"), antes de ser lançado no mercado, é testado primeiramente em ratos ou em animais afins, depois num universo de 2.500 pessoas.

Os resultados são avaliados, o fármaco recebe aprovação do departamento especializado e é consumido, em alguns casos, por dez ou vinte milhões de pessoas em todo o mundo.

A desproporção entre as cobaias (humanas ou animais) e o mercado consumidor é enorme. É bem verdade que, entre o fármaco e o paciente, há a intermediação do médico, que geralmente toma conhecimento do novo produto pelas bulas e pelos argumentos dos laboratórios, que mantêm onipresente rede de propagandistas de terno e gravata que invadem os consultórios com suas pastas e suas amostras grátis.

Por sua vez, cada médico testa o novo fármaco em seus clientes e faz a sua própria avaliação. Volta e meia, um desses fármacos é retirado de circulação pelos malefícios que causa.

Não é para menos. Uma coisa chamada "fármaco" não pode fazer bem a ninguém.

Espingarda de matar búfalo na curva

O motorista estava parado no ponto da rua do Catete quando ouviu a voz:

— Leve-me depressa à igreja mais próxima!

Habituado a receber ordens, o motorista maquinalmente arriou a bandeirinha e ligou o carro. Foi quando teve a primeira dúvida daquela noite: a que igreja o camarada desejaria ir? Católica? Protestante? Ortodoxa russa ou maronita? Quem sabe a sinagoga?

Olhou para trás e viu um búfalo aflito. A rigor, não poderia precisar se era búfalo, hipopótamo ou rinoceronte. Mas era um dos três. E autêntico, sentia-lhe a murrinha de bicho.

— Desculpe importuná-lo, senhor búfalo, mas qual o credo que o senhor professa?

— Católico romano.

Ainda bem. Havia uma igreja bem perto. Se o búfalo fosse maronita ou islamita, ele teria de dar duro para achar um templo.

— Pronto. Aqui estamos!

O motorista temeu que o padre estranhasse um búfalo batendo à porta da igreja e resolveu ajudar:

— O senhor pode ficar aí, eu vou lá dentro chamar o padre.

Desceu, bateu à porta da casa paroquial. O padre veio atender.

— Tem um búfalo lá no carro que deseja entrar na igreja.

— Búfalo?

— É. Se não é búfalo, é rinoceronte ou hipopótamo.

— Tem chifres?

— Acho que tem. Nem reparei bem. Mas deve ter.

— Então é búfalo. Diga que o expediente encerrou. Só atendo agora a pedidos de extrema-unção. Quer um Alka-Seltzer?

— O búfalo talvez não tome essas coisas.

— Não. O Alka-Seltzer não é para o búfalo, é para o senhor.

O motorista percebeu que o padre não acreditava nele e voltou para o carro.

— Mixou! Não querem saber de búfalos na igreja.

— Então me leva para a Bond Street, 45.

O motorista arrancou para o novo endereço, admirado de o búfalo ser tão resignado e cortês. Quando chegou à Bond Street, 45, viu que a casa era um bordel famoso.

— Agora, deixa que eu vou sozinho — disse-lhe o búfalo.

Estava agastado com o motorista, o padre não quisera saber dele mas agora seria diferente, ele mesmo se anunciaria.

O motorista viu o búfalo subir com as quatro patas os degraus do bordel e tocar a campainha. A madame de cabelos vermelhos veio abrir a porta:

— Há quanto tempo, meu filho! Andou sumido, hem?

— O trabalho — disse o búfalo. — Tenho viajado muito, os tempos estão difíceis.

O motorista viu a porta fechar-se e correu para a polícia. Invadiu o gabinete do delegado:

— Doutor, tem um búfalo na Bond Street, 45!

— Um búfalo?

— É. Um búfalo! Com chifres assim. A dona deixou entrar!

O delegado coçou o queixo.

— Não é um búfalo com olhos verdes, o rabo cortado, uma cicatriz perto do pescoço?

— É.

— Então não se pode fazer nada, meu filho. Ele tem imunidades parlamentares.

O curador de resíduos

O curador de resíduos curava seus resíduos e olhava a vida de sua residual janela. Via passar o soldado, o marreco, o corcunda e o domador de leões. Quando podia, em dias de tempestade, acendia uma vela e ficava a tremer de emoção à medida que guardava os resíduos da vela — mas nem só de resíduos vive um curador de resíduos.

Deu-se que, naquele tempo, o rei baixou edital obrigando todos os curadores de resíduos ao matrimônio. E o único curador de resíduos do mundo era ele, e já era casado. Impetrou mandado de segurança contra o edito real mas teve perda de causa. O Comandante da Real Esquadra, que acumulava por patriotismo as funções de presidente da Suprema Corte, obrigou o curador de resíduos a um novo matrimônio, deixando-lhe a cruel opção: ou assassinava a esposa e se tornava assassino, ou se tornava bígamo.

Entre a bigamia e o assassinato, o curador de resíduos inicialmente preferiu o suicídio, mas depois meditou na inutilidade de seu gesto. Também pensou em cometer um regicídio, mas o rei morreu logo depois de ter editado o edito, e o trono foi ocupado por um usurpador de nome Cavone. O curador de resíduos sabia que um regicida era coisa importante mas nem sabia o nome que se dava ao assassino de um usurpador (usurpadoricida?) ou de um Cavone (cavonicida?).

De tanto pensar em palavras terminadas em cida, o curador de resíduos ia preferindo a formicida, mas acabou desistindo das soluções violentas e resolveu cumprir o edito real consorciando-se na catedral com uma mulher que, por espantosa coincidência, àquela altura dos acontecimentos já era bígama e já havia sido trígama em passado não muito distante.

As crônicas da época encheram volumes sobre as extravagantes festas ocorridas nas residuais bodas do curador. Houve banquetes que duraram cinco dias e uma caça ao javali que obrigou a Real Armada a intervir com os seus canhões de longo alcance para impedir que a caçada ao javali degenerasse no oposto, ou seja, que os javalis caçassem os caçadores.

Estavam as coisas neste pé, todo o reino caçando javali por causa das bodas do curador de resíduos, quando surgiu, alta noite, vindo de um mosteiro do deserto, o vulto negro de um anacoreta cujo nome era Trugononte — o que significa "aquele que sabe". E aquele que sabia soube logo que a caçada ao javali era um pretexto para bandalheiras e subindo no alto da montanha brandiu seu anátema contra o curador de resíduos, contra o usurpador, contra as mulheres e contra os javalis. Os intelectuais assinaram um manifesto de solidariedade a Trugononte e, à meia-noite, foi dado um golpe de Estado que usurpou do usurpador o trono usurpado e cobriu de impostos todo o povo do reino.

O curador de resíduos teve o prazo de dois dias para degolar as suas duas mulheres, pena que ele cumpriu com exagero, pois além de degolar as suas duas mulheres, degolou-se ao cair da tarde do segundo dia, diante do Cabido Metropolitano reunido para decidir sobre a majoração dos impostos e da execução das massas falidas.

Depois de tantos eventos, restou de toda a história do curador de resíduos o triste resíduo de seu sangue derramado em vão. Pois o povo dançou pelo espaço de cinco dias e cinco noites e logo depois foi nomeado um novo curador de resíduos, que, para facilitar as coisas, já era bígamo e degolado. Era, na realidade, um resíduo de curador de resíduos.

O abominável umbigo do desembargador

Era uma vez um desembargador que tinha um umbigo. O nome do desembargador era Menezes, alguma coisa de Menezes, talvez João da Silva Menezes, ou simplesmente João Menezes. O nome do umbigo era umbigo mesmo, nunca ninguém se lembrou de dar nome a seu umbigo, o que é lamentável. Todo umbigo devia ter nome, se possível tirado da mitologia grega ou do folclore afro-brasileiro. Mas isso não vem ao caso. Com nome ou sem nome, o desembargador tinha um umbigo e se chamava Menezes, não o umbigo, mas o desembargador.

Até aí não há novidade. Todos os homens, de uma forma ou de outra, têm um umbigo, e os desembargadores também. Pode-se até dizer que cada desembargador merece o umbigo que tem.

Apesar disso, o desembargador nunca deu importância a seu umbigo. Levava-o a todos os lugares e partes, ao lar, ao leito conjugal, ao leito extraconjugal — diziam as más línguas que o desembargador tinha concubinas, pois visitava as concubinas com o mesmo e indecente umbigo com que se deleitava castamente com a esposa. Levava ainda o mesmo umbigo à corte, aos tribunais, ao campo de futebol, às igrejas e, no dia em que viajou e foi conhecer os portos do Adriático, passeou seu umbigo pelas águas adriáticas e claras do antigo mar.

Era, sem dúvida, um sinal de péssimo caráter esse, o de um desembargador levar inconscientemente seu umbigo a todos os lugares e partes. Sobretudo, uma falta de respeito contra si mesmo, e contra a humanidade, Buda, filósofo e místico, sempre coçou o umbigo e nele achou a sabedoria e a virtude para os seus adeptos e para si mesmo. Cristo exibiu do alto da cruz seu divino umbigo, marca indelével de que o Verbo havia se feito Carne através do Seio Puríssimo da Virgem Maria. Maomé não fez nada de importante com o seu umbigo e por isso nunca passou de um profeta barbado e desumbigado.

Mas o desembargador Menezes não era Buda, nem Cristo, nem Maomé. Era simplesmente o desembargador Menezes, que arrastava seu umbigo sem ter a consciência de que, no fundo e na treva, o umbigo preparava a sua vingança e a sua maldição. O desembargador não conhecia aqueles tratados persas sobre a influência umbilical dos umbigos na vida e no comportamento das pessoas que portam umbigo. Não leu os profetas assírios que prognosticavam a salvação da espécie humana através do umbigo. Não lera sequer aquele piedoso trecho do servo de Deus, Taritus de Alexandria, nascido na Babilônia, que dizia: "*ut umbelicus potestatis est vírus.*" O desembargador não era persa, nem meda, nem assírio, nem babilônico. Era pura e belamente baiano e continuava arrastando seu baiano umbigo em ignorância e ignomínia.

Até que um dia teve um câncer no duodeno e foi parar na mesa de cirurgia de famoso especialista em psicanálise. O camarada pediu para ver o umbigo e o desembargador hesitou um pouco. Nunca ninguém havia pedido isso. Viajara, casara, fora promovido, firmara jurisprudência sobre os delitos do usucapião — e nunca lhe pediram contas de seu umbigo.

Levantou as fraldas da camisa e exibiu o umbigo ao psicanalista:

— Eis, doutor, o meu umbigo!

O médico olhou, tornou a olhar, levantou a cara e perguntou:

— Mas onde está seu umbigo?

— Aqui, doutor.

E o gordo desembargador — que era gordo — apontou com o dedo o sítio onde normalmente os desembargadores de seu feitio e peso costumam portar o umbigo.

— Mas isso não é um umbigo. É um relógio! — exclamou o médico estupefato.

— Relógio? Por favor, que horas está marcando?

— Um quarto para as 11.

— Então até logo, estou atrasado, tenho um embargo para despachar.

E embarcou num fogoso corcel que tinha umbigo nas ilhargas. E na testa, duas estrelas.

Gargantas profundas

Em 12 anos seguidos aqui neste espaço, nunca deixei de lembrar, a cada 3 de fevereiro, o Dia de São Brás, epíscopo e mártir, como informa o calendário religioso. Existem numerosos epíscopos e mártires dos quais não lembro nem a data nem os feitos.

São Brás é diferente, porque nos protege a garganta e nos livra de outros males. A rouquidão permanente, como a do nosso presidente, seria um desses males. Recomendo-lhe uma prece ao santo do dia, sem desmerecer outros cuidados médicos, como gargarejos, pastilhas de hortelã e economia vocal para ajudar São Brás a ajudá-lo.

Já lembrei, em anos passados, que antigamente havia muitas sufocações, ia-se a um restaurante, de repente, um sujeito levantava-se da mesa, apoplético, mão na garganta, sem ar, engasgado com um osso de galinha, uma espinha de peixe, às vezes com um simples gole de água.

Nem era preciso chamar a ambulância. Alguém acudia o sufocado, invocando São Brás, mas com um adjutório indispensável: concomitantemente aos apelos em altos brados ao santo, dava seguidas porradas nas costas do infeliz, não sei por que, sempre de baixo para cima e nunca de cima para baixo. Até o advento da penicilina, nunca houve remédio tão eficaz.

Lembrei igualmente, em crônicas antigas, um espanhol cujo nome nunca se soube, mas que atendia pelo apelido de Arranca. Diziam que havia matado um padre em Segóvia, durante a Guerra Civil. Sua porrada era fulminante, nem precisava dar duas, uma só era bastante.

O brado que dava, clamando por São Brás, era também medonho. Salvou a muitos, menos a tal de seu Werner, um suíço que se entupiu com um caroço de ameixa. Não morreu sufocado, mas de graves complicações nas costelas avariadas.

Espumas flutuantes

Nada a ver com Castro Alves e suas *Espumas flutuantes*. As espumas que contam (ou não contam, conforme o caso) são provocadas não por uma mas por três CPIs que estão batendo simultaneamente em nossas costas, nem sempre protegidas por muralhas de pedra e indiferença.

Sempre haverá qualquer coisa, além do que já houve. A parte mais visível da ressaca — as espumas propriamente ditas — já cumpriu o seu papel de espuma: vieram à superfície, foram fotografadas e analisadas de vários ângulos e logo serão superadas por novas espumas no vaivém da nossa história política.

O que importa é que as espumas não nascem do nada. Elas são produzidas no fundo da nossa sociedade. O fluxo e refluxo das marés, a força dos ventos — e elas começam a ferver, parecem sempre as mesmas, embora durem o espaço de espuma. E continuamente renovadas por embates entre o mar e a rocha, a vida pública e a vida nossa de cada dia.

Passando do mar, cujos limites sempre terminam em espuma, para o equipamento das nossas cozinhas, ao lado dos garfos, das conchas e facões, há também a espumadeira, que em alguns casos retira aquilo que excede dos ingredientes que estão na panela.

Um olhar panorâmico, uma grande-angular sobre a realidade que nos cerca, incluiria a avalanche de espuma que chega à praia, marcando o limite das profundezas que não vemos nem registramos em nossas lentes, incapazes de abocanhar o lixo submerso do qual emergem as espumas.

(Desconfio que nunca em minha vida profissional apelei para tamanhas e tão prosaicas metáforas. Em todo o caso, já começo a sentir fadiga de tanta espuma. E apelar para a metáfora, se aborrece o leitor, de alguma forma me distrai. Nos últimos dias, após cada sessão das CPIs, leio atentamente o Eclesiastes procurando entender o que não entendo.)

Meus trinta dinheiros

No seminário onde estudei era obrigatória, a cada Semana Santa, a encenação da paixão de Cristo. Fazíamos o que era possível. O palco era razoável, o equipamento precário, os atores lamentáveis. Somente o *script* era bom: afinal, vem resistindo a esse tipo de encenação há dois mil anos.

Minha participação era nos bastidores, providenciando os raios que iluminariam o céu no momento em que o Filho de Deus entregasse a alma ao Pai. Mas como acontecia até mesmo em Hollywood, surgiu uma oportunidade: o colega que faria o papel de Judas Iscariotes foi expulso não apenas do elenco mas do seminário, por reprovável comportamento no dormitório. Padre Tapajós, nosso *metteur en scène*, espremeu o crânio para encontrar uma solução e, como eu ia passando à sua frente, designou-me para Judas.

Naquela altura da vida, eu sofria de um problema de fala, trocava letras e palavras, padre Tapajós sabia disso e providenciou para que fossem eliminadas as duas únicas frases que me competia pronunciar. Eu viria do escuro, onde algumas bananeiras transplantadas faziam o digno papel das oliveiras no jardim das próprias. Aproximar-me-ia do Redentor e o beijaria na face.

Logo os esbirros de Anás e Caifás surgiriam das ditas bananeiras e levariam o Cordeiro de Deus para a dolorosa cena da flagelação. Nos ensaios até que me saí bem. Mas no dia do espetáculo me atrapalhei com as barbas que deveria usar feitas com aqueles fiapos avermelhados das espigas de milho. O colega que faria o Cristo usaria barba igual.

Escondido entre as bananeiras/oliveiras, presenciei o comovente momento em que o Salvador pede ao Pai que lhe retire o cálice da amargura e da morte. Tive de me afastar para que dois anjos viessem à cena consolar a agonia do Redentor banhado em suor de sangue/mercurocromo que padre Tapajós bolou para o momento — uma operação complicada, a bolsa de mercurocromo escondida na cabeleira do Cristo rompeu-se antes da hora. Não foi um suor, mas uma inundação.

Até que padre Tapajós deu ordem para que eu entrasse. Cavilosamente, curvado sob minha ignomínia, aproximei-me do Redentor e beijei-lhe a Santa Face. Minha barba prendeu-se à do Filho de Deus. Quando afastei o rosto, em vez de uma, tinha duas barbas postiças.

O pano fechou-se abruptamente. E eu fiquei até hoje sem receber meus trinta dinheiros.

Se eu tivesse um barco

Perguntaram a Jânio Quadros o que ele achara de um ano da década 1960 e ele se limitou a uma palavra que na realidade era um palavrão: "foi um ano poltrão!" Até hoje ignoro as razões que fizeram o ex-presidente considerar aquele ou qualquer outro ano um poltrão — vocábulo que à época já caíra em desuso e ninguém sabia ao certo o que significava.

Não tenho a erudição de Jânio nem a do Antonio Houaiss, meu vizinho aqui da Lagoa. Daí não chegar ao atrevimento de considerar 1993 um ano poltrão. Isso pode ser muito, pode ser pouco e o melhor é ficar no meio-termo.

Pulando de Jânio Quadros e do Houaiss para Santo Agostinho, é celebre a sua frase: "Sei perfeitamente o que é o tempo, mas se me perguntarem o que é o tempo não saberei dizê-lo." É mais ou menos isso o que sinto em relação ao ano que está acabando.

E, pensando bem, em relação a tudo mais. O universo verbal é formado por convenções que jamais exprimem uma convicção. Evidente que não tenho convicção alguma sobre 1993. Na realidade, não me preocupei muito com ele.

Essas divisões de tempo e espaço são imaginárias como a linha do Equador e como a maioria dos artigos de nossa Constituição. Outro dia, num navio que me trazia da Itália, estava dormindo quando o alto-falante de bordo trouxe a voz do comandante informando aos *signore* e *signori* que estávamos atravessando a linha do Equador. Minha cabine tinha uma pequena sacada e fui lá fora ver se havia alguma diferença. No céu e no mar, aparentemente, nada mudara. Olhando para baixo, vi a moça que passeava sozinha, sem sono e sem se importar com mudança de hemisfério. Eu olhei para ela, ela olhou para mim, foi só. Ao sul do Equador, não há pecado.

Em viagens aéreas a informação não é sequer transmitida aos passageiros, por inútil e exagerada. Em navio, a tradição é mantida. Em terra, comemoramos a passagem dos anos, poltrões ou não, e investimos no poltrão que vem pela frente. Antes que o ano e a crônica acabem: senhoras e senhores, se tivesse um barco, eu partiria agora.

RELÍQUIAS DO NOSSO TEMPO

O guitarrista dos Rolling Stones, cujo nome e cujos feitos não consigo guardar, está atravessando aquilo que antigamente se chamava de "cabo da Boa Esperança" etário, ou seja, começa a penetrar no sombrio átrio da terceira idade, que costuma ser a última e a menos divertida.

Disse ele que, apesar dos anos acumulados, da extensa quilometragem na vida em geral, "as mocinhas de vinte anos ainda me atiram suas calcinhas".

Não tenho elementos para investigar a questão e, na realidade, ela não me interessa e não sei a quem possa interessar, a não ser ao próprio guitarrista e às mocinhas que tentam seduzi-lo com o apelo cru e nu de uma peça íntima que, segundo os entendidos, constitui um dos fetiches mais óbvios da sexualidade, embora muitos homens prefiram os sapatos — o que parece dar na mesma para quem gosta da coisa.

Pulo do guitarrista inglês para o Raposão português, imortalizado por Eça de Queirós em *A relíquia*. Tratava-se também da peça íntima de uma aventureira. Na troca das malas de viagem, a calcinha foi apresentada à tia do personagem, uma devota alucinada por coisas santas, como a própria coroa de espinhos que dilacerou a cabeça do Salvador.

Nesse particular, a vantagem é do guitarrista inglês. Não sei se ele coleciona as calcinhas que as jovens de vinte anos lhe atiram. Nem entendo como, pelas calcinhas, ele pode chegar à idade das moças. Deve ser realmente um entendido.

Tive um amigo que despertou os baixos instintos de sua empregada. Ela lhe roubava as cuecas. Há gosto para tudo. Agora me lembrei de que, em sua temporada no Rio, esse mesmo guitarrista jogou as meias que usava para as fãs aglomeradas no pátio do hotel em que estava hospedado.

As meias foram disputadas aos dentes e aos pescoções pela turba ensandecida. Cada corcunda sabe como deve dormir. Depois reclamam quando o Enéas proclama que o mundo está perdido.

Profundamente

Vou pouco a Brasília, sempre a trabalho, até hoje não sei se gosto ou desgosto da cidade. Da última vez, há duas semanas, a convite dos promotores e procuradores do Tribunal de Justiça local, levaram-me para jantar num restaurante sofisticado, à beira do lago, um pouco distante do hotel onde me hospedo.

Era noite e, de repente, passei pelo Palácio do Planalto, uma joia de arquitetura, iluminado como um monumento, mas vazio, e pior do que vazio, deserto.

Sinceramente, fica difícil imaginar que ali são tomadas as "altas decisões" que seu fundador, Juscelino Kubitschek, previu na famosa frase inaugural da nova cidade: "Deste Planalto Central etc. etc."

Não se pode compará-lo a outras sedes de poder espalhadas pelo mundo. Deve ser a mais recente e estou certo de que é das mais bonitas. Contudo não é uma imagem consoladora. Pelo contrário, transmite desolação, inutilidade, parece uma ruína bem conservada, onde outrora se ouviram hinos.

Bem verdade que a visão foi noturna, quando a capital se entrega à vida social que me garantem ser ali intensa, subproduto do próprio poder.

Tive duas sensações parecidas. No Cairo, quando vi as pirâmides à noite, iluminadas para um espetáculo de som e luzes comandado por Frank Sinatra; e quando li (e leio) aquele poema de Manuel Bandeira, a noite de São João de sua infância, em Recife, a fogueira ainda iluminada, os balões silenciosos da madrugada, os avós, as tias, os empregados. E ele pergunta onde estão todos eles. O próprio poeta responde: "Estão todos deitados, estão todos dormindo, profundamente."

A sensação do vazio é acabrunhante. Sei que no dia seguinte voltarão o presidente, os ministros, os Dragões da Independência, as altas decisões de que falava JK. Mas no meio da noite, no silêncio de um deserto iluminado, o Planalto me pareceu um fantasma fosforescente e inofensivo.

Escombros e alegorias

Uma confusão no trânsito da cidade obrigou-me a pegar atalhos urbanos pouco frequentados. E esbarro com monstruosos carros alegóricos do último Carnaval, ensopados de chuva e de purpurina, alguns se desmanchando, misturando cobras, lagartos, sereias, demônios, cascatas e ninfas, num amontoado fosforescente de cadáveres em decomposição.

Devem ter custado dinheiro e trabalho dos especialistas. Por pouco mais de 15 minutos, deslumbraram a multidão e entupiram as TVs, os jornais e as revistas com o chamado "esplendor e glória" do Carnaval.

Mesmo que se descontem o abandono e a chuva, como são feios, grosseiros, mal-acabados! (Diante do mau gosto coletivo, apelo para o mau gosto individual do ponto de exclamação.) Desarticulados de suas escolas e enredos, parecem paródias coloridas daqueles monstros que Goya fazia em preto e branco em sua Quinta del Sordo.

Sempre acreditei que, passado aquilo que chamam de folia, os carros, que tanto custaram, fossem recolhidos a um santuário ou canibalizados para outros carnavais, reciclados de uma forma ou de outra. Não compreendi o abandono. Colossos insepultos atrapalhando os caminhos da cidade e os meus próprios caminhos, levei o dobro do tempo para chegar ao meu destino.

Tive vontade, mas não amaldiçoei aqueles escombros. De certa forma, considero-me também um escombro, e seria natural que sentisse uma vaga solidariedade com os monstros de papel machê e fibra de vidro bolados pelos cenógrafos carnavalescos.

Se fosse um feiticeiro de conto infantil, ou um mago como o Paulo Coelho, jogaria em cima deles aquele pó encantado que os tornaria eternos. Pesquisadores do futuro, tal como seus antecessores de todas as épocas, escreveriam tratados sobre o significado deles, sua importância para a humanidade deste início de século. Creio que fariam péssimo juízo de nós.

LAVANDO A ÉGUA

Noite dessas, controle remoto à mão, cisquei na programação noturna alguma coisa que me ajudasse a esperar o sono. Num canal da TVA deparei com um sujeito falando inglês com sotaque carregado no alemão, voz grave, tipo Kissinger. De rosto estava mais para aquela caracterização do Peter Sellers no *Dr. Fantástico*. Na cara e nas ideias.

Dizia ele que, daqui a dez anos, a comunicação massificada de hoje será individualizada. O paradoxo seria aparente. Todos teríamos aquilo que quiséssemos ver, ler, ouvir ou sentir. Só o cheiro — explicava ele — ficaria de fora da redoma cibernética.

Bem, o sono que estava difícil ficou dificílimo depois de ser ameaçado com perspectiva tão sombria. Ganhei a vida até agora, e até agora a vou perdendo por aí na base do alfabeto que aprendi no colo da minha mãe. Certo, tratei de me adaptar aos ventos que sopravam, com dificuldade sou capaz de fazer a crônica num micro primário, desde que seja mais primário do que eu próprio. Mas paro por aí e não tenho vontade nem tempo para ir adiante.

Fico pensando no "daqui a dez anos". Como ler Machado de Assis na linguagem audiovisual? Como traduzir para som e imagem a frase: "No meu tempo já existiam velhos, mas poucos"? E as expressões do vulgo, sabedoria cristalizada em século de experiência? Qual seria o audiovisual da expressão "lavar a égua"? Admito imagens equivalentes, mas não é a mesma coisa.

Vá lamber sabão, conversa de enxugar gelo, maria vai com as outras, ora, bolas!, ponha a mão na consciência!, o pão que o diabo amassou, o corcunda sabe como se deita, sabe com quem está falando? — gastaria toda a crônica com expressões que me parecem intraduzíveis em outra linguagem que não a literária. Ser ou não ser — eis a questão. Remeteríamos para o lixo da história um tipo de comunicação que, bem ou mal, das cavernas nos trouxe até aqui.

A crônica saiu reacionária, mas, antes que o audiovisual domine o universo da comunicação, eu preciso lavar a minha égua.

Obituários

Quando encontraram o corpo de Stálin no chão, vitimado pelo ataque mortal, os dirigentes da antiga União Soviética se reuniram e decidiram nada revelar ao povo. Havia o receio de que houvesse um suicídio em massa, pois "o sol não iria nascer no dia seguinte". Foi essa a explicação dada pelo seu sucessor.

Acontece que o sol nasceu. E, para o bem ou para o mal de todos nós, continua nascendo até hoje.

Mas, quando morre um notável, muita gente teme que no dia seguinte haverá a treva definitiva, o fim de todos e de tudo. Nada a ver com recentes obituários, mais do que merecidos por sinal. Quando Chagall morreu, um fotógrafo que trabalhava comigo me telefonou com voz trêmula: "E agora? O que será de nós?" Eu ainda não havia tomado conhecimento de que o pintor morrera. Pensei que o fotógrafo e eu havíamos feito alguma besteira e estávamos demitidos.

A 24 de agosto de 1954, há 49 anos, ao ouvir pelo rádio que Getúlio Vargas se suicidara, minha primeira providência foi olhar para o céu, ver se o sol estava no devido lugar. Pelo menos aqui no Rio, o dia estava nublado, ou "plúmbeo", se fosse na Bahia. Mas dava para perceber que tudo continuava como antes, o sol acima das nuvens, apesar de aquele tiro no Palácio do Catete ter provocado o clarão de um raio que fulminava o Brasil.

Sócrates também se suicidou, quer dizer, foi obrigado a suicidar-se, César foi assassinado e Elvis Presley parece que nem morreu. Não mudaram a face da Terra nem a história do mundo, apenas provaram que a vida é mesmo mortal, a morte é que é vital, como dizia Santo Agostinho, que sempre gosto de citar.

Já que entramos nas citações, embora fúnebres, não custa lembrar o obituário que Stendhal, em forma de epitáfio, explicou para si mesmo: "Escreveu. Viveu. Amou."

O viés das palavras

É comum as gentes eruditas desprezarem a moda em suas diferentes modalidades e gêneros. Julgam-se comprometidas com os valores eternos que repudiam o efêmero. Elas reclamam de tudo o que pode ser transitório, mas são as primeiras a embarcar na canoa furada das novidades em matéria de linguagem.

Já foi tempo em que era erudito falar em "a nível de", como foi radiante quem descobriu que as coisas devem se inserir num contexto. Os jornalistas mais escolados descobriram o verbo "disparar" para se referir a alguma coisa que é respondida na bucha — e aí está uma palavra, "bucha", contemporânea das Guerras Púnicas e da descoberta da roda.

Entrou em circulação, entre as cultas gentes, a palavra "viés". Fui ao *Aurélio* e ao *Houaiss* para saber do que se tratava. Para Aurélio, viés é uma direção oblíqua ou uma tira de pano cortada no sentido diagonal da peça. Olhar de viés equivale a olhar de esguelha.

Para Houaiss, que sempre foi moderadamente complicado, viés é "o meio furtivo, esconso, de obter ou fazer concluir algo". Tive preguiça de consultar o que era "esconso", mas acho que entendi mais ou menos.

O espantoso é que, há cinco, seis anos, ninguém se atrevia a mencionar essa palavra, a não ser em matéria de costura, ou seja, da tira de pano cortada em sentido diagonal da peça. De repente, tudo passa a ser viés, o econômico, o social, o político, o artístico, o esportivo e o culinário.

Quem diz ou escreve "viés" sente-se um iluminado, um Moisés com as tábuas da lei. Outra noite, numa palestra com estudantes, um deles me perguntou se era legítimo o viés da literatura atual.

Sinceramente, não entendi bem a pergunta, porque ainda não havia ido ao dicionário do Houaiss. Se tivesse ido, responderia que a literatura olha de esguelha a sociedade. No fundo, é uma coisa esconsa.

O menino e o velho

Aprendi com os meus maiores que não se deve chutar cachorro atropelado. E nada mais parecido com cachorro atropelado do que um ano que se vai, como este que hoje acaba e, segundo alguns, acaba tarde.

Lembro que o finado Jânio Quadros, que gostava de usar palavras fora do mercado, chamou um determinado ano de "poltrão". Com o jeito de falar que ele tinha, a palavra ficava obscena em sua boca.

No ano seguinte, ele nem teve oportunidade de xingá-lo. O próprio Jânio é que foi considerado um poltrão.

Lembrando esse e outros exemplos que conheço, sou moderado na saudação do novo ano — e digo "moderado" para não dizer "desconfiado". Quanto ao ano que se vai, tudo bem, entre mortos e feridos, se não se salvaram todos, salvei-me eu — e é o que conta.

Quando criança, garantiram-me que, no dia 31 de dezembro de cada ano, passava no céu um velho encarquilhado, com um saco às costas cheio de esqueletos, bombas, desventuras, cobras e lagartos. E que, do outro lado do céu, surgiria um menino rechonchudo, risonho, desses que ganham prêmio em exposições de puericultura, com uma faixa onde vinha, com números bordados, o novo ano.

Eu tinha pena do velho, embora não gostasse dele. Para onde ele iria com aquele monstruoso saco cheio de coisas perversas? E de onde vinha aquele menino gorducho, que em apenas 12 meses envelheceria rapidamente, calvo e anquilosado, arrastando um saco igual? Sentia um frio aqui dentro quando pensava que eu poderia estar naquele saco que o menino, por bem ou por mal, iria enchendo com os escombros do tempo e do modo de todos nós.

Na verdade, nunca vi a cena da troca do velho pelo menino, nem no céu, nem aqui na Terra. Mas, quando olho para dentro de mim mesmo, pálido de espanto como aquele poeta que ouvia estrelas, descubro que o menino e o velho são a mesma coisa.

Do direito de não informar

Evidente é o progresso. Os meios de comunicação, com os recursos tecnológicos de hoje, colocam os personagens da comédia humana em exposição quase total. Acompanhamos o cotidiano, invadimos a privacidade alheia com as câmaras, os vídeos, as escutas telefônicas, as tomografias computadorizadas dos doentes, o estado terminal dos moribundos.

Desde o pé enfaixado do presidente, as tíbias esquálidas do delegado suspeito de mutretas graves, o aparelho urinário do governador que estava morrendo de câncer generalizado, tudo fica escancarado na TV, nas revistas e nos jornais em nome do sagrado direito que tem o povo de estar informado.

Pessoalmente, não considero sagrado esse direito, duvido até mesmo de que tenhamos o direito de saber tudo de todos. Trabalhei durante anos com um repórter — dos melhores que conheci — que foi entrevistar um deputado recém-eleito, na faixa da meia-idade, e quis saber se ele tomava Viagra.

Certa vez, o fotógrafo de uma revista foi à minha casa e queria fotografar os meus sapatos. O pauteiro da matéria garantira que eu possuía uma esplêndida coleção de sapatos italianos, eu seria uma espécie de Imelda Marcos, a mulher do ditador filipino, que tinha mais de mil pares de sapatos.

Quem estaria interessado nos meus tênis esmolambados, nas vias urinárias do governador já morto, em quem toma ou não toma Viagra? Vi, na semana passada, a foto do pé enfaixado de Lula. Recebi uma informação que não me interessava.

Como vingança, darei uma informação que não deve interessar a ninguém: estarei fora do país por uma semana. Pessoas mal informadas, em Paris e em Lyon, querem saber como vai a literatura brasileira. Talvez aproveite a oportunidade e fale sobre a coleção de sapatos italianos que não tenho.

A FALA DO TRONO

Que os colunistas políticos, que tanto os aprecio, me perdoem. Na dura pedreira de buscar assunto, eles se prendem às declarações, geralmente circunstanciais, dos principais personagens da vida pública. Com isso, o noticiário de um jornal fica poluído, diminuindo a importância das próprias declarações, que na maioria das vezes nada declaram.

Esse fenômeno (pois não deixa de ser um fenômeno pleonasticamente fenomenológico) é mais irritante quando um desses personagens, o presidente da República, por exemplo, viaja ao exterior e a toda hora, a cada compromisso que cumpre, a cada hotel que se hospeda, é instado a dizer alguma coisa. Essa alguma coisa serve de mote a extensas colunas, com suposições, ilações, divagações, intenções e ilusões sobre a vida nacional.

Pelo ritmo apressado dessas viagens, pelos inesperados encontros com os microfones e jornalistas, é natural que a autoridade diga alguma coisa genérica por delicadeza ou por qualquer outro pretexto de circunstância.

É o que basta para que a turma da retaguarda faça cavilações intensas e extensas sobre isso ou aquilo, deduzindo que os juros subirão ou diminuirão, que a previdência vai falir e a violência urbana vai acabar, que os sem-terra terão terra, mas a ordem será mantida. Num simples check-in de hotel no exterior, o presidente retifica ou ratifica todo o programa de seu governo, promete o que ainda não prometeu e deixa de prometer o que dele se espera. A culpa não é do presidente. Ele se vê obrigado a dizer o que pensa disso ou daquilo, mesmo quando não pensa nada. Mas suas palavras jorram como uma fala do trono, e os profissionais da mídia são obrigados a extrair uma linha de pensamento ou de ação, a fazer prognósticos.

Contam que De Gaulle, chegando a um hotel, foi questionado sobre o que achava de Jacqueline Kennedy, que sem saber fora fotografada nua. De Gaulle pediu que o repórter fizesse a pergunta ao Onassis, marido dela.

O bom momento

Rotina profissional, o fotógrafo explicou que precisava captar a minha personalidade, encomenda de uma editora que publicaria alguns textos de minha combalida lavra.

Começa que não gostei de ser captado, odeio esse verbo e essa ação de captar os outros — e muito mais de ser captado. Mas vamos lá, sou também um profissional, cheguei mesmo a praticar o ofício de fotógrafo quando viajava ao exterior e a revista para a qual trabalhava me encarregava de fazer texto e fotos.

O rapaz estava bem equipado, máquina digital, examinou a luz ambiente de minha sala e não a aprovou. Depois cismou com a minha camisa, perguntou se eu não tinha outra para a ocasião de ser captado. Não, não tinha. Mas tinha um paletó que não combinava nem com a camisa nem com a minha cara, pois usei o paletó que caiu nas boas graças do fotógrafo, que o classificou de "maravilhoso".

A foto, reforçada com a maravilha do paletó que eu aposentara há muito, seria também maravilhosa, desde que eu colaborasse na gloriosa ação de ser captado. Aí ele pediu que eu desamarrasse a cara, olhasse para a câmara sorrindo.

Não tinha nenhum motivo ou vontade para desamarrar a cara e muito menos para sorrir. Sorrir de quê? De estar sendo captado? E a cara amarrada, por que desamarrá-la? Vivo e sobrevivo bem com ela, seria uma traição para comigo mesmo e para com os outros aparecer com outra cara.

Para aliviar a tensão, o fotógrafo aceitou minha cara amarrada, mas pediu que eu fizesse alguma coisa, lesse um livro, me concentrasse diante do computador, qualquer coisa que me tirasse do sério, do boneco três por quatro que os fotógrafos detestam.

Aí eu engrossei. Disse que preferia a foto-padrão, de frente e de perfil, dessas que os criminosos tiram quando são fichados na polícia. O rapaz não entendeu, mas fez o que eu pedia. Sem saber, ele conseguiu me captar num momento muito meu.

O bacalhau e as modelos

Houve tempo em que os jornais, sobretudo os pequenos, sem recursos de fotografia e de clicheria, usavam aquele pescador que trazia nas costas um enorme bacalhau, anunciando o óleo de fígado, não do pescador, mas do bacalhau. Era uma panaceia, que fortificava os fracos e tornava os fortes mais fortes.

A publicidade era grátis, servia apenas para compor a diagramação da página, ventilando a pesada massa de texto, geralmente composto com tipos irregulares.

A computação gráfica aposentou o pescador e o bacalhau — acho até que ninguém mais apela para o miraculoso fígado do bacalhau e para o seu tonificante óleo.

Mesmo assim, com todos os recursos da eletrônica, os jornais continuam apelando para outro tipo de clichê a fim de amenizar a feiura dos governantes, a aridez dos economistas, a violência das cenas no Oriente Médio e nas ruas de nossas cidades. São as modelos, que aparecem em trajes que o lugar-comum chamaria de íntimos, mas que se tornaram públicos.

Não tenho certeza, mas acho que foram os borracheiros que associaram o corpo das vedetes boazudas, de imensas e rotundas coxas, aos serviços de emergência que prestavam aos motoristas que tinham pneus necessitados de um Viagra pneumático.

Colunistas de amenidades, como o Stanislaw Ponte Preta, adotaram o mesmo processo e colocavam "as dez mais" como vinhetas obrigatórias de suas piadas. Era uma vinheta agradável, própria dos segundos cadernos da vida.

Atualmente, devido à feiura de nosso cotidiano, as primeiras páginas dos cadernos mais nobres trazem a vinheta que substitui, com vantagem, o pescador que carregava nas costas um peixe com seu miraculoso fígado, cujo óleo nos dava uma energia suplementar. Uma modelo será sempre melhor do que um reles bacalhau. Mas, eficiência por eficiência, sou mais pelas Vênus dos borracheiros.

Preferências fundamentais

É geral a queixa de quem estuda história. A começar pela constatação de que ela é escrita pelos vencedores, e não pelos derrotados e empatados. E, sendo uma sucessão de guerras, conflitos, dominações, lutas ideológicas, religiosas, econômicas, territoriais e de prestígio, os fatos e feitos militares dominam o enredo geral da obra, dando relevância à força, que afinal decide quem vence e quem é vencido.

De Tucídides e de sua Guerra do Peloponeso a Bush e Saddam Hussein na recente e inacabada Guerra do Iraque, a humanidade vem funcionando como cenário e plateia de confrontos nem sempre armados, mas geralmente sangrentos.

Pode-se julgar um grupo ou uma pessoa pelas preferências por um lado, pelo compromisso com o outro. Fidel Castro disse uma vez que os cubanos não se dividem entre comunistas e reacionários, mas entre os que fumam charutos com e sem anel. Gore Vidal dividiu a humanidade entre as pessoas que gostam de Roma e as que a detestam. E Dorival Caymmi acha que quem não gosta de samba é ruim de cabeça ou doente do pé. No fundo, prevalece sempre uma divisão, uma luta, um grupo contra outro, os bons e certos de um lado, ou maus e errados de outro.

Daí talvez a pergunta que Proust colocou em seu famoso questionário: qual o feito militar que mais admirou? Pela resposta, pode-se levantar o perfil, o caráter de qualquer pessoa.

Num congresso de escritores, fizeram essa pergunta a diversos participantes, inclusive a mim. As respostas variaram. Falaram na heroica resistência de Stalingrado durante a Segunda Guerra, na batalha de Farsália, na vitória de Napoleão em Marengo, no desembarque na Normandia, no cerco de Verdun, na retirada de Laguna. Um poeta da Bulgária surpreendeu a todos mencionando uma guerra de lá que ninguém conhecia.

Quando a pergunta me foi feita, respondi honestamente: o fato militar que mais admirei foi a minha dispensa do Exército.

Rainha das estações

Sinto contrariar a imagem que escritores, cronistas e demais escribas têm de si mesmos e, o mais lamentável, que os leitores têm deles. Acredita-se que toda vez que um deles abre o computador, soam clarins do juízo final, falanges de anjos e arcanjos desfilam e a verdade jorra como uma cascata de luz sobre a manada humana.

Não é bem assim. No fundo, cada vez que um de nós começa a escrever qualquer coisa, boa ou má, chata ou interessante, estamos repetindo um gesto infantil de fazer a terrível, a inevitável composição escolar que a professora determinou: Escreva sobre a primavera. Narre um filme que viu recentemente. Conte como foram suas férias. Comente a violência das grandes cidades.

Uns pelos outros, todos os escritos que a imprensa publica são variantes de um ou de outro desses temas recorrentes. Não sou de escrever sobre filmes que vi recentemente ou antigamente, fico com eles para mim, de vez em quando comento um filme, um livro, um espetáculo, mas em função do tema que escolhi, como um complemento ou um subsídio.

Se estou isento dessa mania, peco exaustivamente na composição escolar que a professora determina. Sou amarrado nesses temas, nem preciso de uma professora específica para me lembrar que é Natal, Carnaval, primavera, Semana Santa, 7 de Setembro — temas aos quais sou fiel, embora tratando-os de forma nem sempre respeitosa.

Ocupo este cantinho do jornal há dez anos e dez vezes saudei a chegada da primavera. Este ano, ia esquecendo de saudá-la, mas ainda há tempo. Para falar a verdade, não sou muito amarrado à chamada "rainha das estações", prefiro o verão, quando é bom suar. Mas não custa ser bom menino e obedecer à professora, que na certa me dará péssima nota e reclamará que todos os anos eu escrevo a mesma coisa.

FOI A ABADESSA

Ninguém sabe como foi, mas todos concordam que foi a abadessa. O preboste mandou instaurar um inquérito e o condestável ordenou que os arautos percorressem os caminhos anunciando que fora a abadessa. E o povo tremeu, ouvindo que fora a abadessa. Grandes flagelos, grandes angústias e penas desabariam sobre a cabeça do rei e do povo. Nada se podia fazer: a abadessa já havia feito. O arcipreste suspeitou do outro lado da notícia e baixou a bula cobrindo de opróbrio os verdugos que levassem a abadessa ao cadafalso. Mas o esmoler-mor contestou o condestável e exigiu que em nome da fé e do rei a verdade fosse feita. Contestado, o condestável mobilizou seus arqueiros e concitou o capelão a distribuir pão aos filhos do povo e aos camponeses famintos que se levantaram contra a abadessa e contra a coisa que ela havia feito.

Mais complicada ficou a situação quando o preboste envenenou o arcediago e o arcipreste caiu fulminado quando soube que a abadessa fugira em cima de um corcel de crinas ao vento. Os camponeses então resolveram voltar para suas terras, pois não valia a pena matar ou morrer por causa da abadessa ou por causa da coisa que a abadessa tinha ou não tinha feito.

Ante a iminência do saque às cidades, o esmoler-mor ordenou que se queimassem as feiticeiras e numa só noite foram devoradas pelo fogo nada menos de 567 feiticeiras de diversos e criminosos feitios e malefícios. Os arautos percorreram novamente as cidades famintas e os campos devastados distribuindo hinos de louvor ao rei e à paz que voltava ao reino depois que a abadessa fizera a coisa.

E estavam as coisas nesse pé — inclusive a coisa que a abadessa havia feito — quando, alta noite, surgiu no palácio, vinda dos campos, a assombrosa notícia de que não fora a abadessa que fizera a coisa, pois coisa nenhuma havia sido feita. Reza a lenda que a abadessa, depois de muito cavalgar no seu corcel de crinas ao vento, em sabendo que não havia feito a coisa, resolveu fazê-la.

Moça em estado de graça

Nos tempos de Machado de Assis, quando a moça ficava grávida, dizia-se que ela estava em estado interessante. Não sei bem por que a gravidez seria interessante, mas não fui eu que inventei a expressão. Tampouco inventei a moça cheia de graça que Tom Jobim e Vinícius de Morais viram a caminho da praia, numa Ipanema que começa a perder a sua própria graça.

Mas houve aquele anjo que disse para uma jovem judiazinha de 15 anos, que era virgem e estava noiva de um carpinteiro bem mais velho do que ela: Ave, Maria, cheia de graça.

Daí meu espanto quando, dia desses, a moça se declarou em estado de graça, assim mesmo, em estado de graça. Não era de Ipanema, não se chamava Maria nem estava grávida. Apesar disso, tomou a minha mão e disse que estava em estado de graça.

Não achei graça nenhuma naquilo. Pelo contrário, fiquei preocupado. Ela havia se demitido de um bom emprego, mandara o namorado embora e decidira mudar de vida e de estado, não para o estado de graça, exatamente, mas mudar-se do estado do Rio para o estado de Pernambuco, onde a família tinha umas terras e muitos problemas — com as terras e com ela mesma, a moça em estado de graça.

Bem, era uma amiga recente, e eu disse que sentiria sua falta, duplamente: ela me ajudava fazendo algumas pesquisas para um trabalho que nunca termino e, nas horas vagas, me contava o que a angustiava: queria tudo ao mesmo tempo — e queria já.

As pesquisas podiam esperar ou serem feitas por outra pessoa. As angústias dela é que não podiam esperar, e, como já passei da idade de me angustiar, fazia sempre uma visita ao meu passado toda vez que ela abria a torneira e começava a reclamar de não ser feliz, de que ninguém a compreendia.

Finalmente dera um basta. Mandara tudo para cima e ficara mais lúcida — e mais amarga. Ficara em estado de graça.

Uma história banal

Era uma mocinha do Grajaú, mudou-se para Copacabana, engravidou e morreu. Engravida-se também no Grajaú e em outras paragens.

Mas o caso da moça tinha aquilo que um publicitário chamaria de "diferencial". Sair do Grajaú, naquele miolo da Zona Norte que não é subúrbio, mas ainda não é Zona Sul, equivale à saga do retirante que deixa a caatinga onde passa fome e morre de sede para tentar sobreviver na cidade onde continuará passando fome e morrendo do mesmo jeito.

Copacabana está cheia de gente que veio de longe, dos infernos mais distantes do território nacional. É mole o sujeito sair de São José das Três Ilhas ou de Mocotó Assu — e dois anos depois morar num quarto e sala da Barata Ribeiro. Difícil, mais do que difícil, temerário é o sujeito que nasceu no Méier realizar a travessia, empreender o êxodo, transpor os túneis e conquistar o outro lado. Custa mais do que caro: custa a perda de raízes e, no caso da moça, custou a vida.

Tinha 18 para 19 anos. Olhos claros, mais para verdes do que para azuis. Morava bem, em casa de altos e baixos, família classe média bem-sucedida, carro, pequeno sítio em Friburgo, viagem a Disneyworld. A moça queria mais: a liberdade de escolher um modo de caminhar pelo mundo, amigos, hora de chegar e sair, não queria estudar nada que não fosse a própria vida e a própria vida — para ela — estava do "outro lado".

Há sempre um rio no meio — quando se é César. No caso da moça, que não era César e não queria o poder, mas simplesmente viver, havia o túnel.

Três meses depois da façanha de ter deixado para trás a atávica, pamonha e empoeirada Zona Norte, conheceu um cara que era contra o uso da camisinha. A moça não pegou AIDS, mas engravidou. Uma conhecida a levou para o aborto — por coincidência, numa clínica clandestina em Vila Isabel, ao lado do Grajaú. O carniceiro já havia feito cinco abortos naquela tarde. Era uma mocinha do Grajaú, mudou-se para Copacabana, engravidou e morreu.

A hipoteca social

No programa da CBN, com Heródoto Barbeiro e Artur Xexéo, perguntaram-me se o estado de saúde do papa João Paulo II teria influência na concessão do Prêmio Nobel da Paz ao combalido pontífice. Respondi curto e grosso: o atual papa situa-se numa categoria bem acima de qualquer prêmio, inclusive o Nobel, que ainda me parece o mais notório e creio que o mais bem-remunerado.

Embora esteja atravessando o século XXI, Karol Wojtyla é, de longe, um dos cinco personagens mais importantes do século XX tanto no que revelou de ótimo e de polêmico como, sobretudo, na rigidez teológica e dogmática com que defendeu o patrimônio conservador que recebeu de uma igreja que se tornou referência da humanidade nos últimos vinte séculos.

Não sei se o Nobel da Paz dá direito a um supercheque de alguns milhares de dólares. Até aí, tudo bem, embora o papa não precise pessoalmente de dinheiro, pois tem teto para o abrigar e pão para o alimentar, está doente e idoso e não tem mulher nem filhos. O dinheiro não lhe serviria para nada, a não ser para distribuir em atos de caridade.

Quanto à honraria em si, ele daria mais prestígio ao Nobel, que, distribuído entre cientistas, escritores e homens de boa vontade, a cada ano tem a sua importância diluída na premiação de atitudes ou de atividades pontuais, como a de Kissinger, Arafat, Carter, Begin, Madre Teresa de Calcutá e outros, cujo prazo de validade logo expira e nem mais se sabe por que ganharam o prêmio.

João Paulo II emergiu no cenário internacional vindo de um mundo incompreendido no Ocidente. Sua obstinada fidelidade ao patriotismo polonês foi o ponto de partida para a derrocada do socialismo em sua forma totalitária. E é dele o grande mote que pode tornar o mundo melhor: o capital tem uma hipoteca social.

Eu e a brisa

Gore Vidal dividiu a humanidade entre os que amam Roma e os que a detestam. Fidel Castro, mais prático, dividiu a espécie humana entre aqueles que fumam charuto com anel ou sem anel. Esqueceu os que não fumam charuto. Na opinião dele, quem não fumava charuto não merecia pertencer à humana espécie.

Adotando o radicalismo de Gore Vidal e de Fidel Castro, prefiro dividir homens e mulheres entre aqueles que têm medo do vento e aqueles que não o temem. Durante anos, não conseguia explicar este medo ao vento, não ao vendaval que destrói casas e pessoas, mas ao simples vento que muitas vezes não passa de uma brisa suave, inofensiva e casta.

Numa epígrafe complicada, Guimarães Rosa descobriu que o diabo está no meio do redemoinho, o "demo" bem visível no meio da palavra e nos redemoinhos que a tradição popular associa à presença do diabo.

Não temo o diabo, mas tenho medo do vento. Ele bate portas e janelas, faz balançar as cortinas, levanta a poeira do chão — é um ser invisível, que existe física e moralmente, alterando a ordem e a quietude das coisas.

Milagres e sortilégios vários costumam ser precedidos por uma brisa, e nunca se sabe se o vento traz boas ou más notícias, mas sempre traz alguma coisa. Daí a expressão: que bons ventos o trazem? Pior do que os bons ventos são os ventos contrários que nos levam a caminhos equivocados.

Setembro antigo, num dia de sol, tudo calmo no universo, Mila e eu passeávamos no Arpoador quando uma rajada de vento deslocou o toldo azul de uma barraquinha que vendia milho verde. O toldo passou sobre nossas cabeças, como um fantasma inesperado e ridículo.

Mila tinha pavor do vento, quis pular para o meu colo sem suspeitar que eu precisava do colo dela. O toldo caiu na areia da praia, o medo e o susto duraram pouco. Mas nada no mundo, e em nós, ficou como antes.

O bufão e o rei

Uma das crueldades do meu ofício é ser condenado aos acontecimentos. No particular, o jornalista se parece um pouco (ou bastante) com o palhaço: o filho está à morte, acaba de enterrar a mulher, mas o picadeiro é sua obrigação, "o empresário vem bater-lhe à porta que a plateia o reclama impaciente". E o famoso soneto termina com o clássico: "Enquanto o lábio trêmulo gargalha, dentro do peito o coração soluça!"

Não cultivo o gênero trágico, paro por aqui, mas as semelhanças, ou melhor, as analogias, são profundas. Como o palhaço, o jornalista tem essa obrigação com a plateia que reclama, de um a palhaçada, de outro a notícia ou o comentário — o que vem dar mais ou menos na mesma.

Não é nada, a imprensa já deve ter enchido os leitores com a crise do Rio, assim como os leitores já devem estar saturados de Plano Real, de palpites sobre o novo governo, enfim, os temas do dia nascem, crescem, tornam-se medonhos, é uma invasão de marcianos até que, como na canção infantil, dizem adeus e vão embora — e já vão tarde.

Gosto de citar aquele bufão do *Rei Lear*. Na realidade, ele não chega a dizer nada que se aproveite, mas o que importa é o rei e não o bufão. Abandonado pelas filhas, abandonado por si mesmo, ele quer o bufão perto de si, tal como o empresário do soneto reclama o palhaço. O bufão é o mesmo de sempre, mas subitamente o rei descobre que o bobo da corte o chateia mais do que o diverte. E constata: "És um bufão amargo!" Já usei esse bufão amargo para definir Carlitos. Vejo agora que ele serve se não para definir ao menos para explicar o jornalista. Somos amargos bufões a serviço de um rei desolado que não chegamos a distrair.

Não fazemos a circunstância, somos feitos por ela — daí a monotonia do ofício.

Mussolini e o engraxate

Para Mussolini, governar os italianos era fácil, mas inútil. E os povos mediterrâneos têm fama de ingovernáveis. Tanto ou mais do que o brasileiro, que na realidade é um doce em matéria de submissão. Suporta ditaduras com paciência.

A rebeldia de alguns nunca dá para aquilo que os sociólogos chamam de "alteração do *status quo*". Mestre na arte do vai-levando, o brasileiro coexiste pacificamente com as piores condições de vida e ainda acredita que Deus é seu compatriota.

Tem gordura espiritual suficiente para brincar no Carnaval e se entusiasmar com a Copa do Mundo. Uma cuíca ou uma bola na trave bastam para que a autoestima venha à tona e ele acredite que é o maior.

Ainda bem. Qualquer governo de esquerda, centro ou direita não terá problema para tocar o rebanho. Mas tal como no caso do italiano, será tempo perdido, não no sentido proustiano, mas no de tempo desperdiçado.

A atual crise entre os Três Poderes "autônomos e harmônicos" por causa de salário é uma prova dessa inutilidade: qualquer lei, qualquer regulamento, qualquer medida provisória ou permanente é encarada subjetivamente não apenas pelo mercado ou pela administração pública, mas pela pessoa física de cada brasileiro: "Isso não é comigo!"

O pior não chega a ser o critério subjetivo que se aplica às medidas objetivas das leis e regulamentos. O próprio governo se inclui na exceção. Ele é o primeiro a achar "que não é com ele".

Pode-se complementar a frase de Mussolini. O povo brasileiro é fácil de governar, mas é inútil governá-lo, do mesmo modo que é fácil eleger um governo, mas é igualmente inútil elegê-lo.

Enio Silveira, meu editor e amigo, um dia engraxava os sapatos numa daquelas cadeiras altas. Na hora de dar o lustre, o engraxate sabia tocar "Tico-Tico no fubá" com a flanela. Enio perguntou se ele não tinha medo do comunismo. O engraxate riu: "Deixa vir o comunismo, doutor, que nós avacalhamos ele!"

Goiabada

Goiabada tem cara de goiabada mesmo. Basta olhar para ele, ninguém precisa fazer esforço de memória ou vocabulário, o apelido vem natural, instantâneo, inapelável: Goiabada.

Falei mal ao falar em apelido. Nunca se ouviu dizer que Goiabada tivesse um nome, fosse João ou Osmar, Antero ou Agenor — embora, com algum esforço, possa também ser Agenor, seria a segunda opção para o segundo turno no caso de uma consulta às bases.

Nunca ninguém ouviu Goiabada falar alguma ou qualquer coisa. Chapéu de palha enterrado na cabeça, um pouco de lado, ri quando alguém o cumprimenta ou quando ele próprio cumprimenta alguém.

O pessoal da pelada o convoca quando há vaga nos times. Goiabada é ruim de bola, levanta a perna e a bola passa por baixo, mas é dócil, plácido, só ele aceita ir para o gol na hora dos pênaltis. Com Goiabada no gol vale encher o pé, nada de se colocar a bola nos cantos, ele já foi parar no Miguel Couto depois de uma bolada que o pegou desprevenido.

Quando a bola cai nas casas muradas, ele é quem pula o muro e vai enfrentar os cachorros ou a cólera dos donos. Todas as missões de sacrifício são dele.

Goiabada torce pelo Vasco, nasceu vascaíno de igual forma que nasceu com cara de goiabada. Sua mãe foi empregada naquela casa vizinha a que morava o general Álcio Souto, lá para os lados da Fonte da Saudade, parece que nasceu aqui mesmo, em volta da Lagoa, da Lagoa nunca saiu, só atravessa o túnel para ir ver o Vasco jogar.

Último domingo, depois do jogo, os carros vinham do túnel, quando chegavam na Lagoa buzinavam, faziam festa, festa de Flamengo é humilhante, letal para quem não é Flamengo.

Depois foi todo mundo embora e houve um grande silêncio. De minha varanda, vi alguém colocando uma vela junto à árvore onde Dener morreu, semana passada. Mesmo de longe, não foi difícil saber que era o Goiabada.

Espanto na lagoa

Foi lá embaixo, na pista que beira a Lagoa e serve de passeio ou exercício para gente que vem de longe, preferindo andar aqui do que na orla das praias. E além da gente que vinda de longe, há os cachorros dos moradores daqui mesmo, conheço-os quase todos, sei o nome, de alguns a genealogia, o caráter (ou a falta de caráter) — eis que os cães até nisso são melhores do que o homem, cão sem caráter consegue ser melhor do que o equivalente.

Aconteceu nessa semana. Um Fila — produto nacional e de violência ainda incontrolável — atacou um Cocker, uma fofura estimada por todos e amada pelos donos. Diziam que Tito, o imperador de Roma, era a delícia do gênero humano. O Cocker era a delícia da raça canina. Indefeso pelo tamanho e pela doçura, acabou morrendo como morrem os cães: o último olhar procurando o dono (no caso, a dona).

O que há de errado com os Filas? Em geral, os cães são reflexo dos donos. A minoria é treinada para guarda e para justificar aquele exemplo do acusativo em latim: *cave canem*. Mas a maioria é cão de companhia, não precisa ser treinada para isso. O dono pode ser matricida, violador de túmulos, profanador dos Vasos Sagrados. Para o seu cão será sempre um Francisco de Assis, seráfico, fazedor do grande milagre do amor.

E os Filas? Não entendo de genética humana nem canina. Sei que a raça é produção nacional como o samba, a prontidão e outras bossas. Foi projetado para a violência. Está sintonizado com os tempos.

Olho minhas Setters, Mila com seus suspiros quando me vê partir e sua alegria quando me vê chegar. A filha dela, Titi, troca o reino dos céus dos cachorros pela graça de poder dormir comigo na rede, nas tardes do fim de semana. Elas jamais entenderiam que um cão atacou outro por imperativo de um experimentador do ódio. Daí o meu espanto: como podem os cães aceitarem os homens?

O senhor da hora

Agosto costuma ser mês cruel. Está no fim e, olhando em conjunto, já tivemos agostos piores. Não queria que acabasse sem que escrevesse alguma coisa sobre Getúlio Vargas. Cada vez mais me convenço de que foi o maior vulto de nossa história. Em 1966 me encomendaram um livro sobre ele. Comecei as pesquisas com uma frase de Novalis na cabeça: "Quando avistares um gigante, olhai a posição do sol e verás a sombra de um anão."

Bem, no meio do trabalho verifiquei que fazia o itinerário às avessas: procurava um anão e, aos poucos, fui tragado pela sombra do gigante.

Ele, sozinho, representou a nossa revolução burguesa. E toda revolução comete crimes. Vargas os cometeu, submisso às circunstâncias que dele fizeram um ditador por imposição de militares anticomunistas. Haveria um ditador naquela ocasião; se não fosse Vargas, seria Góis Monteiro, Dutra ou qualquer outro hierarca da época.

Acredito que tenha sido o único personagem de nossa história com dimensão clássica. Ele ficaria bem no teatro grego. E em Shakespeare também, se atentarmos à dicotomia de sua personalidade humana e política. Ele teve dentro de si um César e um Brutus. Foi o Getúlio e foi o Vargas.

O ato final de sua vida foi lógico, anunciado desde 1930: ele sempre costeou a eternidade. Nos dias dramáticos de agosto de 1954, mais do que nunca mergulhou em si mesmo. Tinha o peito de César. E a mão de Brutus. Libertador e liberticida, ele conhecia as pedras de seu destino. Esfinge que não se decifrou nem tolerou que alguém o fizesse. Deixou que a corda esticasse e foi o senhor de sua hora. Uniu César e Brutus no mesmo gesto.

Ao longo da história, nenhum homem que tentou integrar uma classe marginal à sociedade escapou da liturgia do sangue. Algoz ou vítima. No caso dele: algoz e vítima ao mesmo tempo. Assombrosamente lúcido, deu sereno passo em direção à eternidade.

O guarda que comeu a empada

Uma das instituições mais sagradas no Rio é a da empada que matou o guarda. O produto existe em outras paragens, mas foi aqui que teve origem e incontestável eficácia. Aí pelos anos 1960, Nelson Rodrigues e eu pretendíamos escrever uma biografia da empada que matou o guarda. Nelson chegou a publicar alguma coisa numa coletânea infantil. Brigamos por causa da palavra "precoce". Eu a queria, o título seria *Autobiografia precoce da empada que matou o guarda*. Nelson repeliu o precoce, depois eu viajei e o projeto foi para o brejo.

A história é conhecida pelo relato oral: aí pelas três horas da tarde, um guarda daqueles antigos, que pouco ou nada tinham a fazer numa cidade então cordial e pacífica, foi tomar um café no botequim mais próximo.

Enquanto o português o servia, o representante da lei e da ordem emplacou o olhar numa empada que, entre iguarias de igual aspecto, se oferecia aos clientes mal protegida por um guardanapo sujo e cheio de moscas. Como o suborno é também instituição nacional, o português ofereceu-a. Rezam as crônicas que ele não chegou a comê-la toda. Deu dois passos, segundo alguns caiu no próprio chão do botequim, segundo outros, na calçada. Local do histórico evento: o Largo do Machado, ali perto do antigo Cinema Politeama.

As mortes de Sócrates, César, Cristo, Lincoln, Napoleão, Kennedy e Tancredo Neves mereceram contraditórias versões. A do guarda do Largo do Machado é mais complexa, permanece intocada em seu mistério. Falou-se e ainda se fala na empada que o matou mas não dele, guarda, testemunha e vítima.

Volta e meia alguns amigos me perguntam por que deixei de escrever livros. Posso garantir que assunto não falta: tenho esse guarda literalmente guardado para uma eventualidade. O diabo é que hoje tudo se faz com patrocínios, as editoras enfrentam dificuldades, o papel está caríssimo e é preciso um dinheiro firme antes do pontapé inicial. Pois tai: ofereço-me. Só não aceito patrocínio de padarias, panificadoras, confeitarias, botequins e estabelecimentos afins. Exijo absoluta liberdade para criar.

O Rio não é mais Brasil

Um caso antigo que gostaria de lembrar justo no momento em que todos estamos chocados com as fraudes eleitorais no Rio. Deu-se que o escritor Álvaro Lins, mais tarde chefe da Casa Civil de JK e embaixador em Portugal, fez uma visita oficial à Suíça. No primeiro dia do programa haveria um tour à Vieille Ville — um ponto quente do turismo de Genebra.

Pela manhã, no hotel, Álvaro Lins lera nos jornais que aquele seria dia de eleição para o cantão e muito se admirou quando, andando pelas ruas, não viu filas, seções eleitorais, nada que indicasse o exercício cívico dos cidadãos. Perguntou ao guia que o acompanhava:

— Li nos jornais que haveria eleições, mas não estou vendo nenhum movimento.

O guia sorriu e explicou que na Suíça tudo estava mecanizado. Mostrou uma espécie de relógio pendurado num poste:

— Está vendo aquela maquininha? O eleitor chega, digita o seu número, depois digita o número do partido e do candidato nos quais deseja votar. É simples!

Álvaro Lins, pernambucano de Caruaru, sofrido em emocionantes lances da vida, arriscou a pergunta:

— E se um eleitor resolver votar duas vezes?

O guia estancou, perplexo, como se um raio o tivesse estraçalhado. Virou-se para Álvaro, o rosto devastado pelo horror:

— Mas... quem iria fazer isso? Quem?

Álvaro percebeu a besteira e desculpou-se, evidente que nenhum cidadão suíço cometeria tão feia ação, no Brasil também era assim, o povo já estava amadurecido para a democracia, em Caruaru, por exemplo, as eleições eram um exemplo de dignidade cívica.

Bem, essa história tem uns trinta anos. Álvaro havia sido chefe de polícia em Pernambuco, antes de se tornar o maior crítico literário de seu tempo. Se hoje fosse vivo, estaria orgulhoso de seus conterrâneos em particular e dos brasileiros em geral — com exceção do pessoal do Rio.

Nossas eleições tiveram nível suíço. Podemos importar as tais maquininhas. Não haverá ninguém para fraudar a consulta ao povo — excluindo-se o Rio de Janeiro.

Quando os mestres se encontram

Mestre Villa-Lobos, Heitor como eu e, como eu, carioca sem remissão, estava em seu apartamento na Esplanada do Castelo e fui levar-lhe Leonide Massine, outro mestre por sinal. O coreógrafo de *O chapéu de três bicos* e *Parade* desejava uma partitura brasileira com trânsito internacional para montar um balé no Municipal.

Feitas as apresentações, esgotados os elogios de parte a parte, mestre Villa garantiu que tinha exatamente o que Massine procurava. Ele sabia que o *maître* tinha opção, uma peça então inédita de Erik Satie, precisava caprichar. Foi ao piano e tocou.

Massine ouviu calado, cabeça baixa. "Gostou?", perguntou Villa. Massine disse que não. Mestre Villa não se perturbou. Tocou fugas, baladas, trechos de uma sinfonia, o segundo movimento de uma sonata, um batuque, uma fantasia, Massine abanava a cabeça.

Mestre Villa improvisou — era um de seus fortes. Massine também improvisou, mas uma retirada. Mestre Villa perdeu a calma: "Afinal, o que o mestre deseja?" (O "mestre" saiu da boca de Villa como um insulto).

Foi então que Massine se explicou. Certa vez, em Paris, ouvira Villa-Lobos tocar uma pequena peça muito bonita, mas não sabia o nome da obra, só guardara a frase musical predominante. "Então cante que eu me lembrarei!"

Massine alegou que era desafinado, Villa o encorajou: "Eu não reparo!" Massine tomou coragem, limpou a garganta com um pigarro e cantarolou: "Lalala lala lalalala..." Mestre Villa deu um salto e fechou o piano com violência.

Estupefato, Massine olhou para mim e eu olhei para a porta. Villa reconheceu que não estava num bom dia, mas prometeu que ia pensar, mais tarde falaria com Murilo Miranda, então diretor do Municipal, que havia contratado o coreógrafo para montar espetáculos.

Na rua, Massine quis saber o que havia acontecido. Ele apenas solfejara para o mestre o "nesta rua, nesta rua tem um bosque". E viva a América do Sul, a América do Sol, a América do Sal e o América Futebol Clube, campeão de 1922.

O que está faltando

Nunca duvidei da iníqua sorte que nos espera a todos, justos e injustos. Mas sempre há espaço para a esperança e ela me chegou, via fax do sr. Thiers Alves Bastos, de Muriaé (MG). Ele já enviou terríveis admoestações à ONU, à UNESCO, ao papa, ao presidente Clinton. Não obteve resposta e decidiu apelar, por misteriosa razão que não identifico, a este escriba. O sr. Thiers ameaça a humanidade com o Grande Chaos e somente ele é capaz de esconjurar tamanha desgraça, uma vez que é o feliz possuidor da Lança de Longinus.

Para quem não sabe, Longinus foi aquele centurião romano que, ao pé da cruz, traspassou o peito do Salvador na hora de seu desenlace. Segundo o sr. Thiers, tão importante utensílio tem poderes de evitar a peste, a fome e a guerra.

Supera a morte prematura — segundo os cálculos do sr. Thiers, qualquer homem deveria viver até os 144 anos.

Mas os governos, interessados em evitar a superpopulação do globo terrestre, decidiram baixar tal índice, razão pela qual se morre em qualquer idade abaixo dos cem anos. Além disso, o sr. Thiers sabe evitar granizos, secas, inundações, geadas malignas, eras glaciais, câncer, erosões, gripes, fracionamento de continentes, inflações, sedições civis e militares e impotência. Garante que também pode transformar pedras em pães "através da ação química e biológica dos cem sais específicos da boa chuva". Sabe ainda abrandar o sol, evitar terremotos, regenerar órgãos humanos sem necessidade de enxertos. E tem mais: ele consegue obter, a baixo custo, o *Optimus Climaticus*, base de sua ciência e pedra angular na Nova Era de Longinus.

Pessoalmente, não estou muito interessado em evitar fracionamentos de continentes nem me preocupo com eras glaciais e granizos malignos.

Não possuo um único pé de couve que possa sofrer com tais e maléficas intempéries. Mas, na reta final das eleições, sinto os candidatos exaustos e necessitados de um adjutório. Nenhum deles teve até agora a audácia de prometer o *Optimus Climaticus*.

Dou o endereço do sr. Thiers: Rua Gusman, 96, CEP 36.880, Muriaé, MG. A lança de Longinus é o fato realmente novo para animar os últimos dias da campanha eleitoral.

Novidades

Era no tempo em que os animais falavam — não tão distante assim, pois há animais que continuam falando. Sendo mais preciso, era nos dias mais antigos do passado, quando havia pela cidade os chamados "tipos populares". Apesar de os jornais tirarem três edições diárias, as notícias mais quentes vinham desses caras que andavam pelas ruas e informavam o que havia, o que estava acontecendo e o que deveria acontecer.

Lembro de um deles, conhecido pelo óbvio nome de Novidades. Ele sabia tudo e anunciava parte do que sabia. Era diferente dos outros porque só falava se perguntado. O Ventania, por exemplo, era desacreditado porque falava sem ser inquirido. O Novidades valorizava o silêncio, mas nunca se ouviu dizer que deixasse pergunta sem resposta.

Suas informações eram genéricas. Anunciava o fim do mundo ao menos uma vez por mês. Revelava o bicho que ia dar naquela tarde — e como variava as respostas, sempre acertava algum. Seu forte era se ia chover ou não. Tinha fama de infalível nessa questão, o que não era vantagem, pois a concorrência limitava-se ao serviço de meteorologia.

Eu o conheci em altíssimo astral como portador de novidades. Certa vez, perguntei-lhe o que seria quando crescesse e ele acertou na mosca: "Você nunca vai crescer!" Na hora, não entendi direito. Hoje, compreendo, mas é tarde. Apesar de tudo, Novidades caiu em desgraça. Houve um escândalo na rua, a mulher do Sacadura havia fugido com um garçom da Confeitaria Lallet. Sacadura entrou em crise, apelou para a macumba, para a polícia e, finalmente, para o Novidades. Em vez de responder, o Novidades, avançou para o Sacadura, aos gritos: "E como é que você deixou que ela fosse embora?"

O povo, como nos tempos bíblicos, tirou suas conclusões. Se Novidades também era freguês da mulher do Sacadura, deveria saber que ela fugiria com o garçom da Lallet. Logo, Novidades não sabia nada, era um sacador — quase o mesmo que Sacadura. A última vez que vi o Novidades, ele anunciava um plano para salvar o Brasil.

Ratos e homens

Os jornais cariocas de ontem garantiram que três milhões de pessoas receberam o ano novo em Copacabana. Eu não estava lá, entre os três milhões que esperaram 1994. Ano passado, no mesmo local e com a mesma multidão, eram apenas dois milhões. O que me espanta é esse milhão a mais.

Lembro o prefeito Negrão de Lima nos primeiros dias de sua administração, final dos anos 1950 (mais tarde ele seria governador da então Guanabara). Um diretor de departamento trouxe uma estatística para provar a necessidade de uma campanha contra os ratos que infestavam a cidade. Eram 3,5 milhões de ratos, o que equivalia a um rato por habitante, o Rio naquele tempo beirava mais ou menos isso.

Negrão andava distraído mas foi solidário com o seu auxiliar. Tirou os óculos e fez cara alarmada: "Três milhões e meio! Que coisa espantosa! Mas como é mesmo que conseguiram contar?"

O *Manual de redação* adotado na *Folha* admite a dificuldade de se calcular multidões em comícios, passeatas e eventos, dá algumas dicas técnicas que podem valer para praças, largos, avenidas, estádios. O caso de Copacabana, como praia e bairro, escapa do critério da metragem quadrada. Há os edifícios com vários andares, muitas janelas, enormes faixas de rolamento e a praia em si, além dos morros encravados no Leme e ali no final da rua Santa Clara. Seria necessário medir o metro cúbico. Mesmo assim, e sem qualquer restrição aos repórteres que cobriram a festa, assumo a perplexidade de Negrão de Lima em relação aos ratos: como conseguiram contar?

Esse milhão a mais me espanta. Talvez o autor do cálculo tenha sido alguém da editoria econômica deslocado para as festas do fim de ano. Habituado a jogar a estimativa de inflação em tudo, achou que 50% caía bem e cravou os três milhões, prática que adotamos quando vamos a um restaurante ou a programa mais incrementado. De qualquer forma, a festa foi bonita. Aqui da Lagoa ouvi o barulho e vi os clarões coloridos que iluminaram um céu cheio de nuvens. Boa imagem, por sinal, para o ano novo.

O PATO ROUCO

Deve ser mania de perseguição: sempre que estou sozinho, disposto a ficar num canto, pensando em nada, há sempre um sujeito fanho por perto, falando demais, e ecleticamente, sobre os mais variados assuntos. Para purgar os meus pecados, não por curiosidade ou por deleite, presto atenção ao que ele diz, metade por masoquismo, metade por penitência mesmo.

Outro dia, procurei um lugar ermo onde pudesse ficar pastando, mas, cinco minutos depois, veio um grupo e, com ele, um pato rouco, que já estava dentro de um assunto do qual só percebi as beiras. Ele reclamava de qualquer coisa, acho que da rua Voluntários da Pátria esburacada, mas emendou assunto mais íntimo, uma cunhada que estava dando mal passo, ou já tinha dado, ou ainda ia dar. Fez prognósticos terríveis, as crianças, a sogra e, quando ia entrando na reta final, se alguém deveria ou não deveria tomar providências, engatou uma vasta espinafração na Reforma da Previdência, havia votado em Lula quatro vezes, para nunca mais.

Eu me senti sórdido ouvindo a conversa alheia, ia me levantando para ir embora, mas o pato rouco entrou num tema surpreendente. Eu havia perdido alguma frase e não sei como ele fez o link da Reforma da Previdência para a providência divina. Confessou que começava a ficar descrente de todas as religiões, já tentara as existentes e se decepcionara.

Fiquei tão entusiasmado que quase entrei na conversa, sugerindo que o pato rouco fundasse uma nova religião, inaugurasse um tabernáculo, um sítio sagrado, uma nova lei que nos salvasse a todos. Para animá-lo, prometeria ser o seu primeiro e mais fiel apóstolo. Juntos, ele com sua voz rouca, eu com minhas ideias piores do que a voz dele, poderíamos não chegar a lugar nenhum, mas tentaríamos.

Não foi preciso. Depois de declarar o mundo perdido e o homem sem solução, ele decidiu que começaria seu papel redentor convencendo a cunhada a tomar vergonha na cara.

Problema recorrente

Acredito já ter citado, há tempos, o romance *A catedral*, de Vicente Blasco Ibañez. Não me lembro se é uma obra-prima, mas nunca esqueci uma reflexão que o autor faz a respeito das Forças Armadas em relação às guerras modernas, decididas basicamente pelos recursos tecnológicos e econômicos.

Países periféricos, como o Brasil, dispõem de efetivos constitucionalmente destinados à segurança da soberania e do território — soberania que é violada diariamente pelo mercado globalizado e território que não chega a estar ameaçado nem ameaça expandir-se além de suas fronteiras.

Em caso de uma invasão estrangeira — na Amazônia, por exemplo —, os efetivos militares serão insuficientes diante de qualquer potência mais poderosa. Blasco Ibañez, falando sobre a Espanha, conclui que, para preservar a soberania de seu país em caso de guerra externa, os efetivos são ridículos, necessitando urgente da criação de novas verbas e da imensa mobilização de civis. Mas, para guardar a ordem interna, são inúteis, o problema passa à esfera policial (civil ou militar) e as duas corporações são insuficientes em tropa e em material para emergências que ameaçam a segurança da população agredida por inimigos internos.

De tempos em tempos, sobretudo em crises como a que atravessamos, tanto a União como os estados mais afetados pela onda de violência gastam tempo e percorrem um caminho tortuoso e quase cínico sem encontrar um mecanismo pontual que diminua a dramática realidade que sofremos.

Governadores pedem a ajuda de tropas federais, tropas federais argumentam que não são capitães do mato para caçar bandidos, surgem melindres, todos têm razão e ninguém tem razão, o que não deixa de ser natural em se tratando de seres humanos. O que não chega a ser natural é a escalada da própria violência e a insegurança de uma sociedade inteira.

No banco dos réus

Cavacos do ofício me obrigavam, volta e meia, a comparecer às varas criminais do foro local. Processos os mais variados, nos quais às vezes funcionava como réu ou como testemunha da defesa ou da acusação, funções que procuro desempenhar civicamente, intimado ou convidado pelos meritíssimos.

Já se deu, inclusive, que, num mesmo processo, funcionei como testemunha de defesa e de acusação: um rapaz que se entupiu de cocaína e matou um oficial da Marinha numa Sexta-feira da Paixão. Entrevistei o criminoso na delegacia, encontrei-o no chão, em crise de dependência, uma baba incolor escorrendo das narinas, a língua duas vezes maior do que a boca, o pulso a zero, os guardas que o detinham não sabiam o que fazer. Descrevi o episódio numa reportagem. Tanto o promotor como os advogados de defesa apelaram para o meu testemunho.

Há tempos, já na incômoda e habitual condição de réu, lá fui sentar o cansado corpo naquele banco que o lugar-comum chama dos réus, e é dos réus mesmo: duro, abaixo do nível da sala, para esmagar o criminoso moral e topograficamente.

Um processo reles, desses que a profissão me arrasta comumente. Na audiência, era ouvida a testemunha arrolada por meu advogado. O juiz era um simpático velhinho, desses que gostaríamos de ter como tio-avô ou padrinho, calejado no ofício de julgar humanos delitos e que, com a sabedoria da idade e da profissão, antes de terminar o processo já dera a devida desimportância àquilo que os juristas chamam de "fulcro penal".

No meio da audiência, entrou um rapaz trazendo uns cartões: era o resultado do jogo do bicho. Sua excelência interrompeu o depoimento da testemunha para verificar se acertara alguma coisa, uma centena cercada pelos sete lados. Comentou em voz alta que já gastara uma fortuna com os bichinhos, mal e porcamente pegava uma dezena mixuruca. Mas conhecia um sujeito que já ganhara no milhar 13 vezes. E declarou para culpados e inocentes: "Não há justiça nesse mundo!"

O vermelho e o negro

Colar o rótulo de bom ou mau, no fundo, é o ofício humano mais frequente, aberto diante de cada um de nós diariamente, ou melhor, a cada minuto de nosso cotidiano. Se usamos aquela camisa, se vamos ou não vamos a algum lugar, se falamos ou se calamos, se comemos bife com fritas ou sem elas, nos departamentos mais nobres e nos mais prosaicos, não fazemos outra coisa a não ser navegar entre aquilo que nos parece o bem ou o mal, o necessário ou o supérfluo, o devo ou o não devo.

Foi o caso do cidadão que parou o carro na estrada para tomar café e viu que, nos fundos do bar, havia uma briga de galos. Habituado a jogar, quis fazer uma aposta, mas não tinha elementos suficientes para julgar os contendores, um galo vermelho e outro preto. Tomou informações com um espectador que lhe parecia entendido, perguntando qual era o galo bom.

— O preto — respondeu o sujeito com a convicção de quem era dono da verdade.

O sujeito jogou uma grana forte no galo preto e ficou torcendo pelo contendor que lhe garantiram ser o bom. Contendor que não correspondeu àquilo que chamam de expectativas: foi devidamente surrado pelo galo vermelho, e só não morreu porque o dono jogou a toalha no ringue, tirando-o da luta.

Bem, só restava ao sujeito reclamar da informação recebida.

— O senhor me fez perder dinheiro, dizendo que o galo preto era o bom...

— Foi o que o senhor me perguntou. Agora, o malvado era o vermelho...

Toda a disputa, seja religiosa, política, econômica, esportiva, cultural ou científica, é resumida nessa anedota, que me parece mais do que uma fábula, mas um destino, uma decorrência da condição humana.

Por coincidência, os galos da anedota compunham o mesmo confronto que Stendhal colocou no seu romance mais famoso: *O vermelho e o negro*. A lição é a mesma.

O LEÃO E O PORCO

Um sujeito desinformado perguntou-me o que eu achava pior: inflação alta ou juros altos? Ia responder que os dois são péssimos, ou tiraria "cara ou coroa" na hora, escolhendo a inflação ou os juros aleatoriamente.

Esclareci que era a última pessoa do mundo a ter uma resposta, nada entendo de economia. E, embora nada entendesse de animais, respondi à pergunta dele com outra: o que é pior, ser focinho de porco ou rabo de leão? Pessoalmente, não queria ser rabo de leão nem focinho de porco.

Passando para os átrios sombrios da economia, não gosto dos juros altos nem da inflação, que gerou uma bela imagem poética: "espiral." Adoro a expressão "espiral inflacionária". Eu nem sabia o que era espiral, mas já gostava da palavra.

Voltando à pergunta que me fizeram. A inflação é um mal, mas a genialidade nativa criou um jeito de suavizá-la com o gatilho salarial. Tecnicamente era uma porcaria, só aumentava a inflação, mas, no dia a dia que interessa, aliviava o sofrimento e o bolso. O custo de vida aumentava 60% ao mês, os salários aumentavam alguma coisa perto dos 60%. A mágica era besta, mas que besteira boa. Transferíamos a inflação zero para as gerações futuras, para os netos dos nossos netos, eles que se virassem.

Os juros não têm gatilho, nada que se pareça com um quebra-galho circunstancial ou permanente. Paga-se e bufa-se. Estão embutidos no pão que se come, no sabonete que nos lava, na luz que nos ilumina.

Atinge pobres e ricos. Os remediados (nome estranho: remediado parece que é quem vive cheio de remédios), os remediados, além de pagarem tudo com juros, tal como os pobres, de vez em quando enfrentam a Receita Federal, o ISS, a COFINS, o diabo, pagando os tubos se atrasam um dia. Daí que não é boa coisa ser rabo de leão ou focinho de porco.

Quanto custa um preso?

Li, em algum lugar, que um preso custa ao Estado R$ 1.500, não incluindo no preço da mensalidade os custos anteriores com a polícia, os inquéritos, as perícias, as despesas do Judiciário com promotores, juízos, recursos etc. — o que deve dobrar a despesa do erário público para manter o condenado numa penitenciária.

Se Swift fosse vivo, aconselharia o Estado a fechar todas as penitenciárias e a hospedar os condenados em hotéis três estrelas. Poderia sair mais barato aos cofres públicos e calaria a boca daqueles que reclamam das péssimas condições das penitenciárias.

Antes que algum leitor pense que o Swift citado seja um antigo frigorífico que fabricava presuntos e salsichas, lembro que se trata do mesmo autor que sugeriu comermos criancinhas recém-nascidas nas entressafras do abastecimento de outras carnes. Swift era juiz e escreveu um dos livros mais importantes da literatura universal. Influenciou Machado de Assis, mas, na outra ponta da corda, teve a desgraça de influenciar um desalmado como eu.

Voltemos ao preço das penitenciárias. Embora precárias, sórdidas, sem oferecer segurança, insuficientes para a demanda do mercado, elas oneram as burras nacionais com um custo exagerado. "O que fazer?", perguntou Lênin em contexto diverso. Soltar os presos, como fez recentemente um juiz? A alternativa seria a pena de morte, mas ela também custa caro. Tão caro que os nazistas, depois de fuzilarem milhões de judeus durante a Segunda Guerra, ao adotarem a solução final descobriram um gás que matava a custo mais razoável.

Cadeira elétrica ainda é mais cara do que o fuzilamento — a descarga letal exige uma voltagem que custa o equivalente ao consumo de luz de um bairro inteiro durante um mês.

Como se vê, a solução mais barata é botar os presos nos hotéis três estrelas, que, certamente, darão o desconto habitual quando hospedam grupos com mais de cinco pessoas.

No meio do silêncio

Tem adulto que acredita em disco voador, em caminho de São Tiago, em Harry Potter. Acredita até mesmo na ignorância de Lula sobre a lambança nacional.

Eu acredito em Papai Noel. Em criança, quando todos insistiam para que eu acreditasse no Bom Velhinho, na tendência maldita que tenho para o mal, eu não acreditava. Volta e meia tinha dúvidas. Aos cinco anos vi um sujeito mexendo no presépio que o pai armara, mas era ele próprio que dava os retoques finais, colocando o burro mais pertinho da manjedoura.

Acontece que os anos passaram e, aos poucos, e contra a vontade, passei a duvidar de minha descrença, à medida que aumentava a dúvida de todas as crenças — as minhas e as dos outros. E eis que encontrei uma espécie de salvação particular: comecei a acreditar em Papai Noel, aos poucos. Não foi um raio que me feriu na estrada de Damasco, obrigando-me a mudar de opinião, tal como aconteceu com São Paulo.

Foi, como disse, aos poucos. Estava na rede, fumando um Montecristo e olhando o céu da Lagoa. Havia estrelas no céu e um pouco de paz na Terra, não devido à paz entre os homens de boa vontade. Era quase madrugada, as pistas desertas, todos dormindo o sono do Natal.

Foi no silêncio. Não apenas o silêncio do mundo lá fora, mas o silêncio que nasceu dentro de mim, próximo do vazio, do nada. Diz o Evangelho de Lucas que Jesus nasceu no meio do silêncio, "*dum medium silentium*". Aliás, tudo de bom acontece no silêncio. Silenciosamente, descobrimos que estamos amando, nosso choro é mais choro quando choramos em silêncio.

Foi uma mistura de tudo isso. De repente, sem mesmo fechar os olhos, senti que havia alguém na varanda, também olhando a Lagoa. Não estava vestido de vermelho, não havia renas nem neve. Nada havia no mundo, a não ser o silêncio e eu.

Quem era? Eu não pedira nada a ninguém. Ficou ao meu lado ou eu é que fiquei ao lado dele. Depois foi embora — e eu também.

Os sábios de Trento

O *Kama Sutra*, que os ocidentais consideram o manual mais sofisticado em matéria de erotismo, ensina ou sugere maneiras de fazer amor, que, no vocabulário de hoje, virou "transar", ou seja, entrar em transe ou coisa equivalente.

Uma contagem sumária dos métodos ensinados pelo grande clássico oriental parece que chega a 48 ou 49 maneiras de praticar aquilo que os juristas chamam pelo feio nome de "coito". Pensando bem, é um número elevado, levando-se em conta os apetrechos e circunstâncias que integram o ato amoroso.

Um manual publicado nos fins do século passado, com o título óbvio de *Positions* (Posições), superou o *Kama Sutra*, chegando aproximadamente a 57 opções para o homem possuir uma mulher ou vice-versa. (Gosto muito desse vice-versa, pois, em geral, quando a mulher toma a iniciativa, os resultados são mais surpreendentes.)

Minha esquálida cultura não saberia precisar em que ano foi escrito o *Kama Sutra*. Como tudo que é oriental, deve ter sido num ano remotíssimo, anterior ao nascimento de Cristo e ao nascimento do filho da Xuxa. Tampouco saberia dizer em que ano do século XX saiu o livro das *Posições*, deve ter sido nos anos 1970 ou 1980.

Contudo sei quando foi realizado o Concílio de Trento. Como todos sabem, foi o Concílio que deu régua e compasso à Igreja Católica pelo menos até o Concílio Vaticano II, que é coisa dos anos 1960. Pois os sábios reunidos em Trento, entre 1545 e 1563, descobriram que há 269 maneiras ou posições para consumar o tal do coito — e repito a palavra "coito", que é broxante, para não me acusarem de estar cometendo uma crônica libidinosa.

De minha parte, uma frustração suplementar, das muitas que fui acumulando pela vida. Não cheguei à tolerável marca ensinada pelo *Kama Sutra*. Mas gostaria de continuar um cara que chegasse perto do limite proposto pelos sábios de Trento

A GRANDE MÁGICA DAS FAVAS

Sempre que a situação nacional se complica — como agora — busco sabedoria e consolações num livro que herdei de meus antepassados, *O grande e verdadeiro livro de São Cipriano*. Anteontem, enquanto a equipe econômica explicava o Plano da URV, encontrei entre as receitas uma que me parece adequada à situação. Pega-se um marreco e dele se extrai uma tripa. Pega-se uma pomba virgem e fecha-se o bico dela com a tripa do marreco. Espera-se pela sétima lua e colocam-se marreco e pomba ao relento, com dois fios de azeite (também virgem) e um ovo de codorna num tacho de cobre que nunca tenha sido lavado. Pela manhã do oitavo dia procura-se um corcunda que nunca tenha comido marrecos nem pombas.

Obriga-se o corcunda a comer tudo cru, marreco, pomba e ovo da codorna. E se o corcunda se obstinar em não comer, deve levar porrada e quanto mais porrada o corcunda levar maior será o efeito. Ao que, depois da sova no corcunda, deve o mesmo ser trancafiado numa enxovia. Enquanto isso, passam-se quatro corujas defumadas num ralador de coco e a elas se juntam as favas contadas e lavadas. Aguarda-se pela lua crescente em absoluta castidade.

Chegada a lua crescente, deitam-se então o corcunda, as favas contadas e as corujas defumadas num caldeirão untado com óleo de baleia, se possível, baleia virgem. A mágica está pronta para ser servida. É eficaz para curar sarampo, coqueluche, maridos bêbedos e esposas adúlteras, tesoureiros desonestos, sufocações várias, gavetas emperradas, partos também emperrados. Promove a volta de mulheres que nos abandonaram, impede a fome, a miséria, a guerra, a peste e maremotos.

Já tentei aviar a receita para recuperar uma amada — mas não arranjei um corcunda em condições, daí que não pude testar a eficácia da mágica. Mas o livro de São Cipriano garante que, ao tempo de Pepino, o Grosso, ela foi aviada e as burras de Pepino ficaram abarrotadas de ouro — e houve grande júbilo na corte e o povo muito se divertiu diante das fogueiras que assavam os adversários do rei.

Crise nunca mais

Ontem falei de uma crise individual. Para ficar no assunto, relembro hoje como era uma crise institucional em outros tempos. Podiam ser outros os nomes e horários, mas o esquema era este:

15h — O ministro da Guerra manda prender o general Osvino. O general Osvino manda prender o general Kruel. Os líderes sindicais hipotecam solidariedade a ambos. O presidente da República nega que esteja disposto a renunciar. A Marinha entra em prontidão e o governador do Rio diz que vai resistir.

15h15 — O presidente da República demite o general Kruel, o qual demitiu o general Osvino. Por sua vez, o general Osvino manda prender o general Kruel. O cardeal lança manifesto pedindo cordura e não derramamento de sangue. O governador do Rio ameaça ir à TV fazer graves denúncias sobre a hora que passa. Os líderes sindicais estão solidários.

15h30 — Preso por vinte dias o ministro da Guerra. O chefe do EMFA tem um enfarte e interna-se às pressas no Hospital dos Servidores. O chefe da Casa Civil desmente todos os boatos. O general Jair renuncia ao comando da tropa e a tropa distribui manifesto a favor da Petrobrás. O deputado Talarico assume um piquete grevista que vai dinamitar os trilhos da Central do Brasil.

16h — O presidente da República pede confiança nos destinos do país. O Comando Geral dos Trabalhadores diz que a culpa é do capital alienígena. Os líderes sindicais emitem nota de solidariedade a Fidel Castro — fato que agrava a crise e a confusão.

16h15 — O PDS anuncia uma fórmula, o general Osvino manda prender todos os generais e todos os generais mandam prender o general Osvino.

16h30 — O cardeal solicita a intercessão de Nossa Senhora Aparecida. O ministro da Guerra derruba o presidente da República e o ministro da Justiça diz que reina ordem em todo o país.

16h45 — Presidente da República e ministro da Guerra declaram que estão unidos pelo aprimoramento das instituições. Os líderes sindicais estão solidários já nem sabem com quê e os estudantes queimam na UNE uma bandeira americana.

Adeus, Leôncio!

Era um brasileiro como outro qualquer, tão qualquer que nem AIDS conseguia pegar. Antes de a doença entrar em moda, ele tentara chamar a atenção dos segundos cadernos e dos cineastas em disponibilidade: fez teatro, uma novela na televisão, comprou sanduíches na barraca do Pepê. Nos anos 1960 foi Hare Krishna, viu 33 vezes a peça *Hair*. Nos anos 1970 adotou um codinome e participou de uma passeata no Calabouço, mais tarde abjurou a luta armada e enganjou-se na campanha do verde, andou pelas ruas do Leblon com um cartaz onde se lia: "Tirem as garras da Amazônia!"

Tudo dava em nada. O jeito foi mudar de vestes e de ideias, arranjou uma bolsa Gucci, comprou a obra completa do Gabriel García Márquez e fez um curso de contenção verbal com o finado Hélio Pellegrino — que também deu em nada: durante o curso, aluno e mestre descobriram que falavam demais e o jeito era continuar falando. Os anos 1980 o encontraram fazendo comida vegetariana, musculação e alongamento, pesquisas no campo da MPB onde pretendia provar a influência do xaxado na rebelde austeridade dos punks.

Apesar de tais e tamanhas atividades, continuava anônimo. Fez então opção mais radical e lúcida: contrair AIDS antes que a doença não desse mais notícia de jornal. Usou seringas encontradas nas areias de Ipanema e em vez de AIDS contraiu hepatite — doença que não tinha espaço na mídia. Entupiu-se de suspiros e durante quarenta dias e quarenta noites viu na TV todos os filmes recomendados pela crítica especializada, especializando-se em coisa alguma.

Curado da hepatite, contraiu infecção alimentar (insinuaram que havia sido um empadão de galinha) e foi assim que Leonel Meirelles (com dois eles) entrou em coma na cama: ditou sucinto testamento, deixando seus discos do Caetano Veloso (fase anterior a "Menino do Rio") para um clube de hemiplégicos. As obras de García Márquez foram doadas à escola paroquial do Leme.

Ao descer à campa, ele recebeu a homenagem de um orador de circunstâncias que não sabia ao certo do que ou de quem se tratava. E Leonel Meirelles (com dois eles) recebeu embargada despedida: "Adeus, Leôncio!"

A moça malcomportada

Parecia ter trinta anos, na realidade, vim a saber depois, tinha apenas 32. Trazia um livro, sentou-se ao meu lado à beira da piscina, eu lia Santo Agostinho, arrisquei um olho, além das pernas que eram bonitas, havia um livro de Umberto Eco. Passar 15 dias num navio é tolerável, entre outras coisas, por encontros assim, embora Santo Agostinho nada tenha a ver com Eco nem eu com a moça que vim a saber malcomportada.

Ela fugira de casa aos 18, casara-se com um cigano em Trieste, o cigano foi esfaqueado por um búlgaro, ela voltou a Milão, casou-se com um industrial e agora estava indo para o Rio, lendo Umberto Eco e implicando com Santo Agostinho: "Não tenho religião." Respondi que também não tinha. Ela avançou um pouco: "Nunca entrei em uma igreja, nem no Duomo." Respondi secamente: "Fez mal. Também não tenho religião, mas entro em tudo o que é igreja."

Para beira de piscina, o diálogo era difícil. Ela perguntou se eu não saía à noite, nunca me vira nos salões. Disse que não e foi a vez dela me censurar: "Fez mal. Eu vou todas as noites!"

Pois fui naquela noite. Fiquei num canto, escuro e distante. Na pista, vi a leitora de Eco se esbaldando, dançava sozinha, um vestido de seda preto, colante, combinando com a pele tostada pelo sol da piscina. A orquestra tocou um sucesso antigo, "Love Is in the Air" — tempos de discoteca, ela veio em minha direção, querendo me levar para a piscina. Não, nem mesmo se a orquestra tocasse "O pé de anjo" ou "Pelo telefone" eu iria enfrentar a moça tão malcomportada e agora um pouco suada.

Quis tomar fresco lá fora, apoiou-se na murada e ficou olhando a noite. Lá longe, muito longe, as luzes tremiam, últimas luzes da Europa, depois seria o mergulho no grande mar do mundo. De repente, ela tirou do seio uma espécie de bombom, desembrulhou e me ofereceu. Estava meio derretido e morno. Informou: "É bom, parece marrom-glacê!" Provei um pedaço, ela comeu o resto. E nossos olhos se abriram e vimos que estávamos vestidos. Se descobríssemos que estávamos nus eu teria que pagar direitos autorais ao Velho Testamento.

Os canhões de Copacabana

Houve tempo em que a baía do Rio de Janeiro era invulnerável à agressão externa. Havia fortes por todos os lados, alguns deles estão agora tombados e creio que desativados. Admiro sincera e profundamente a arquitetura do Brasil Colônia. Pelo país afora há belos exemplos da simplicidade e da eficácia dos artistas coloniais que aqui deixaram obras como a Casa dos Contos, em Ouro Preto, algumas igrejas pelo Nordeste, a Casa do Bispo e os fortes aqui no Rio.

Tudo bem: não é dos fortes que desejo falar, mas dos fracos. E o fraco dos fortes, sobretudo o de Copacabana, é que os canhões estão voltados para terra, parecem fincados, imexíveis, apontando o casario urbano. Sabe-se que um marinheiro e um artilheiro de costa preferem morrer a atirar contra a própria terra. Nada a temer, portanto.

Mas não deixa de ser estranho aquela bateria de canhões voltados para dentro. Se ainda colaborassem no combate à criminalidade, vá lá. Mas os estragos que causariam não compensariam o benefício da luta. É mais sensato que fiquem como estão, sem dar tiro, mas não custa apontá-los para o alto mar. Nunca se sabe.

Tivemos precedentes. Na Revolta da Armada, os navios de Custódio José de Melo tentaram atingir o Itamaraty, que era então a sede do governo. Os tiros não contaram com uma das torres da Candelária, fizeram estrago na igreja e não atingiram o alvo.

Em outra ocasião, o Forte de Copacabana ameaçou bombardear o Catete — já então sede oficial do governo. Os amigos tentaram tirar Prudente de Moraes do palácio, mas prudentemente ele argumentou: "Fico aqui mesmo, é mais seguro!" Mais tarde, ele recebeu ameaça de um motim marcado para as 11h. Às 11h30, consultou o seu patek-cebola e comentou: "É. Estão atrasados!"

Os fortes foram abertos à visitação pública. São obras de arte. Por isso mesmo não custa mudar a posição dos canhões. Não se deve brincar com armas de fogo: nos quartéis, o soldado que aponta a arma para qualquer companheiro é advertido. Além disso, o diabo existe para isso mesmo: aproveitar a bobeada dos homens.

A toalha e o facão

As coisas estão ficando difíceis. Não me refiro aos artigos de primeira necessidade que sempre foram difíceis apesar das cestas básicas que periodicamente entram em moda. Comentei anteontem a vantagem em não termos terremotos. E hoje acrescento outra vantagem: não temos (ainda) equatorianas como aquela que fez justiça com as próprias mãos e mutilou o marido que dormia, satisfeito, deixando-a acordada e insatisfeita. No Brasil, estamos no tempo da toalha. Mesmo assim, deve-se temer o que vem pela frente.

E eis que surge uma recordação nebulosa, vinda lá do fundo, da última gaveta da memória. Eu tinha seis ou sete anos, devia estar olhando a rua — distração principal dos meninos do meu tempo e que não viviam na rua. Era a passarela do mundo: por ela desfilavam os bondes cheios de pernas como no poema do Drummond, passavam os vendedores ambulantes, o homem que vendia o jornal das modinhas e era obrigado a cantar os hits da época para atrair a freguesia. Passava o sorveteiro, a leprosa que pedia esmola, o mata-mosquito com sua bandeira amarela e sua lata de creolina, passavam tudo e todos, era a televisão do meu tempo, a cores e ao vivo.

Pois um dia passou um homem correndo, de cueca, apavorado, urrando por socorro. E atrás dele vinha a mulher, de facão em punho. Eu os conhecia: era o seu Macedo, dono de sapataria na rua Camerino. E a mulher era dona Rute, sua esposa, notável pelas surras que dava nos próprios filhos e ameaçava dar nos filhos dos outros.

Não compreendi a cena. Lembro apenas que o fato foi muito comentado entre os adultos. Não sei o que o seu

Macedo fez ou deixou de fazer para provocar a cólera e o facão da mulher. Sei que os adultos tinham um riso misterioso e calhorda quando falavam no assunto. Meu pai chegou a definir a situação no chamado "grosso modo" ao dizer para outro vizinho: "O Macedo merecia, o diabo é se a moda pega!"

A moda não pegou, meu pai temeu em vão. Tantos anos depois vem essa equatoriana e relança o produto no mercado. Ainda bem que temos similar nacional e uma surra de toalha é pouca pena para tão grave dano.

O colosso de Trump

Após a vitória, em seu primeiro pronunciamento como presidente eleito dos Estados Unidos, Donald Trump referiu-se várias vezes ao colosso norte-americano que ele pretende recuperar e, se possível, aumentar.

Podemos lembrar como se formou esse colosso ao longo do tempo. Não havia ONGs, Greenpeace e ONU para reclamarem. As chamadas Treze Colônias originais eram uma estreita faixa de terra que ia do Maine à Georgia, na Costa Atlântica. Aí surgiram os tratados, as anexações e as cessões.

A Flórida foi comprada em 1819. Uma enorme porção foi adquirida e reconhecida em 1783: os atuais estados do Alabama, Mississipi, Illinois, Ohio e outros. Os estados centrais (Arkansas, Oklahoma, Kansas, Iowa e as duas Dakotas) foram comprados em 1803. A faixa voltada para o Pacífico foi cedida pelo México em 1848. E a parte sul, segundo os mapas históricos, foi simplesmente anexada em 1845.

As Treze Colônias originais formaram o colosso lembrado agora por Donald Trump. Antes era habitado por peles vermelhas, touros sentados e filhos do trovão que atiravam flechas contra os pioneiros e a mala postal defendida por John Wayne sob a direção de John Ford.

Todo este território comprado, adquirido ou anexado produziu a grande nação que hoje tem praticamente o domínio econômico e militar do mundo inteiro. E foi a ele que o presidente eleito se referiu orgulhosamente como a sua meta protecionista que recuperará os velhos tempos, hoje bagunçados por hispânicos, latinos, traficantes e até mesmo pelos bandidos do Estado Islâmico.

Em todo o caso, os Estados Unidos deram ao mundo um momento que valoriza a democracia. Fica aberta a pergunta: a democracia é mesmo a melhor forma de governo excluindo-se todas as demais?

A mulher do padeiro

Não costumo adotar decisões radicais para uso próprio, mas as aprecio nos outros. Tive um amigo de juventude que iniciou greve de fome para convencer uma vizinha a dar para ele, quase ia conseguindo, mas desistiu na última hora, não sei até hoje por qual motivo.

Consta que a vizinha deu. Nunca se sabe — diria Machado de Assis, que acreditava e desacreditava em tudo. Tenho para mim que não deu. Mas é uma opinião pessoal e interesseira. Eu também queria, mas não cheguei à greve de fome, como chegou agora o bispo que é contra a transposição do Rio São Francisco.

Como ia dizendo, admiro as soluções radicais, os quase suicidas que sobem nos edifícios ou pontes e ameaçam se atirar caso não arranjem emprego ou a mulher não volte para o lar — o que costuma acontecer em quase todo mundo, inclusive no Japão, onde o haraquiri é um estilo de morrer pela honra ou pela falta de honra.

Não faz tempo, um deputado (ou senador, não tenho certeza) fez greve de fome no Congresso para conseguir a criação de um novo estado da Federação. Não sei se a greve influiu no caso, o fato é que criaram o estado do Tocantins.

Leio o noticiário a respeito da greve do bispo. Acho salutar um bispo fazer greve, sem entrar no mérito da questão. Lembro apenas que o projeto é antigo, não exatamente do governo Lula, envolve questões técnicas e polêmicas e vem se arrastando há alguns anos. Mas deixa pra lá.

Volto à questão das greves lembrando um filme francês que fez sucesso mundial e virou até marchinha de nosso Carnaval: *A mulher do padeiro*. Ela seria aquilo que o citado Machado de Assis chamaria de "patusca". Dava para todos. O padeiro não sabia, quando soube, fez greve profissional: deixou de fazer pão.

A clientela protestou, tentou regenerar a pecadora. Nenhuma preocupação com a virtude, mas com a necessidade do pão de cada dia. Tudo vale a pena se a causa não é pequena.

A redundância do bode

Outro dia, comentei que gastava duas horas, em média, para ler os jornais e revistas que, por necessidade profissional, sou obrigado a enfrentar. Nos últimos meses, não chego a gastar meia hora: todos se repetem com as mesmas manchetes, as mesmas frases destacadas, os mesmos mentidos e desmentidos. Na quinta-feira passada, contei exatas 53 matérias em quatro jornais que começaram assim: "Palocci diz que..."

Não quero, e mesmo que quisesse não poderia, negar a importância do depoimento do ministro da Fazenda no Senado. Mas vamos e venhamos: nada de novo foi dito, a obviedade marcou os dois lados, as perguntas e as respostas. E a mídia ficou na mesma obviedade.

Na parte dos comentários, repetiu-se a redundância. Nota-se uma briga de foice para informar o que já está informado. Variam as fontes, sempre naquela base: "Dois participantes do jantar informaram que..." Com a variante: "Fonte bem informada garante que..."

A monotonia, irmã siamesa da redundância, fatiga o leitor e, nem sei por que diabo, não fatiga os profissionais que estão cobrindo a sucessão de escândalos. A desculpa é a obrigação de informar "a sociedade", sociedade heterogênea, que se entope com as miudezas das fofocas, das especulações, dos prognósticos.

Uma pergunta que é comum por aí: "A mídia está cumprindo a sua função social?" Tal como a sociedade, que é heterogênea por natureza, a "função social" é também parcial e seletiva de acordo com cada grupo posicionado no tabuleiro, acusando-se mutuamente de não cumprir sua função social, o dever de bem informar os leitores etc.

Repercussão lembra a anedota do bode e do porco. O bode, que faz um barulho desgraçado quando transa com a cabra, reclama do porco, que chega a dormir enquanto faz o mesmo com a porca. À redundância de um, a contenção do outro. O porco se explica: "É que nós estamos constituindo família."

Amenidades e leitores

Leitores, se os tenho, reclamam aos canais competentes dos assuntos que costumo abordar em minhas crônicas, que não considero colunas, mas crônicas mesmo. O país pegando fogo, escândalos pipocando, ídolos despencando de seus pedestais históricos, tudo isso constitui o pão, pão, queijo, queijo da mídia nos dias de hoje.

Eventualmente, e meio contra a vontade, abordo temas que têm a ver com a situação. Nada entendendo de política e, além disso, mal informado como sempre, não me entusiasmo e muito menos me esbofo em comentar, criticar ou elogiar o que se passa no cenário nacional.

Prefiro, como em crônica recente, escrever sobre a corrida de barquinhos a vela que vi aqui na Lagoa, diante de minha varanda, num sábado de sol e preguiça. Perda de tempo e espaço, reclamam os leitores que não os tenho — mas o jornal os tem. Ficam indignados com o desprezo que dedico aos grandes temas que sacodem a nossa vida pública.

Penso em minha mãe — pensamento que equivale mais ou menos a pensar na corrida de barquinhos de sábado. Nada a ver com a realidade que atualmente preocupa a nação e estarrece o povo. Ela tentou educar o filho para temas que considerava nobres, botou-me num seminário para que eu salvasse almas, estudasse Sócrates, Santo Agostinho, lesse Horácio e Ovídio no original.

Mau filho, mau cronista, vez por outra sou obrigado a falar desse time de pernas de pau da humanidade. Em 1964, quando processado e preso pelo então ministro da Guerra, minha mãe passou uns tempos decepcionada comigo: "Não foi para isso que eduquei meu filho", dizia.

Não falo com ela há muito, mas, de alguma forma, sinto que ainda me protege, não por concordar comigo, mas por pena, talvez por amor. De maneira que, quando escrevo sobre barquinhos a vela, sinto a mão dela afagando a minha cabeça e me abençoando.

Buchada de bode

Um presidente da República que, durante a campanha eleitoral, comeu buchada de bode é como os frades espanhóis que aparecem nos antigos romances de capa e espada: deles se pode esperar as piores coisas. O próprio Lula, que é chegado a esses bródios folclóricos, parece que não vai além do frango com polenta. Até para ele a buchada de bode é dose.

FHC provou e gostou. Comerá rabo de cachorro à tailandesa, formigas malaias, crocodilos do Nilo e urubus das Ilhas Papuas: quer chegar lá e esses abrolhos ele tira de letra.

Legítimo mesmo é o professor Enéas: prefere ficar com meio por cento do eleitorado, mas não trairá seus ideais culinários.

É muito importante o cardápio eleitoral. Até a eleição passada, a *pièce de résistence* era a maionese feita pela mulher do dirigente local que hospedava o candidato: letal para a saúde, mas suportável para o paladar. A buchada de bode é uma etapa avançada de nossos costumes políticos.

Houve o caso de Juarez Távora, que disputou a presidência com Juscelino Kubistchek. Durante a campanha, JK enfrentou colossais arapucas, leitões trufados, tatus recheados, comeu até veado num churrasco incrementado, ali pelos sítios de Marajó. Bom de garfo e de urna, topava tudo, mas conseguiu driblar a buchada de bode, que ainda não entrara em moda.

Por sua vez, Juarez Távora cultivava uma úlcera, creio que no duodeno ou imediações. Levava na comitiva um estoque de frangos. Mas nada de dourar os frangos: eram servidos na água e sal, esbranquiçados, patibulares, cadavéricos. A mulher de um presidente de diretório confessou que teve vontade de vomitar quando viu o tal frango sair de sua decantada cozinha. Apesar de seus méritos cívicos, Juarez perdeu feio para JK.

Daí a necessidade de se testar os candidatos com a buchada de bode. Depois de passar pela provação, tudo será lucro e é possível até que o candidato seja um presidente. O diabo é se, depois de eleito, baixar medida provisória incluindo o bode na cesta básica.

Perguntas na CPI

1) Responda sem tergiversações: onde vossa senhoria estava no dia 31 de fevereiro de 2002?

2) Vossa senhoria conhece um cidadão chamado Antero Dias de Souza? Se a resposta for positiva, vossa senhoria manteve com ele algum tipo de relacionamento?

3) Qual o tipo de colaboração que vossa senhoria mantém com a Associação dos Ex-Funcionários Paraplégicos do Triângulo Mineiro? Vossa senhoria sofreu algum tipo de doença assemelhada? Quem o tratou e em que data foi curado?

4) Vossa senhoria confirma que viajou para Belém do Pará, no voo 3009 da Varig, em companhia de empresários interessados no desmatamento da Amazônia?

5) É verdade que vossa senhoria desde criança tem o hábito de palitar os dentes com um alfinete de platina que roubou da senhora sua mãe?

6) Por que vossa senhoria, que se diz morador da avenida João Pessoa, recebe sua correspondência particular no Beco das Carmelitas?

7) Em 17 de maio de 2003, vossa senhoria foi vista em companhia de um paraguaio que havia entrado ilegalmente no país. Vossa senhoria poderá explicar este fato, jamais poderá negá-lo.

8) Como vossa senhoria explica que janta todas as sextas-feiras na churrascaria Berro do Boi e que teve uma altercação, no dia 28 de maio de 2003, com um garçom por causa de uma picanha malpassada?

9) Durante as comemorações do Dia da Pátria, em setembro de 2001, vossa senhoria teria dito que, se pudesse, dava o fora do Brasil? O que teria levado vossa senhoria a semelhante demonstração de falta de patriotismo?

10) É verdade que vossa senhoria encerrou a conta número 045697 no Banco do Oeste porque o gerente teria tido um caso com a digna consorte de vossa senhoria?

Uma proposta modesta

Uma das poucas certezas sobre o jornalismo é a de que a ironia não funciona em texto para ser consumido por um público heterogêneo. Pede-se do autor uma definição imediata e concreta contra ou a favor de um assunto ou pessoa. Admira-se o panfletário que dá nome aos bois, nem sempre acertando com os bois e os nomes. Admira-se o humorista, que nem precisa acertar o boi e o nome, entre outras coisas, porque é um humorista.

Nem mesmo na literatura a ironia funciona, sobretudo quando ela ultrapassa o comentário marginal da narrativa, território em que Machado de Assis foi mestre. O bruxo era tão bruxo que só usava a ironia para o "caco" saboroso, sem se comprometer com a essência do texto, que era sério, até mesmo solene.

Irônico foi Jonathan Swift (1667-1745), que pouco se preocupou com detalhes, indo fundo na condição do homem e nas circunstâncias da sociedade. Sua obra-prima, *As viagens de Gulliver*, tem o tom de farsa que a tornou clássica, impondo respeito acima de qualquer consideração moral e instalando-se na prateleira mais nobre da literatura universal.

O mesmo não acontece com *Modesta proposta*, agora relançada aqui no Brasil, em que Swift dá literalmente uma receita para acabar com a fome no mundo sem apelar para programas furados como o Fome Zero. Pega-se o filho de uma família pobre, entrega-se a uma família de recursos que engordará o recém-nascido até que ele complete um ano de idade e tenha carne bastante para ser comido por ricos e pobres.

Apoiado em testemunhos de povos que praticam o canibalismo, Swift elogia o sabor e as qualidades alimentícias da carne ainda tenra, melhor do que a dos frangos *al primo canto*. Faz ainda outras considerações para o bem da humanidade em geral, partindo do ponto em que tudo o que fora feito até a sua época era insuficiente ou idiota. Dois séculos depois dele, poucos o entendem.

O sino do Arpoador

Pai e amigo de duas setters irlandesas, frequento a última praia urbana do Rio em que são permitidos desvios de comportamento, como jogar frescobol, praticar surfe e levar animais ao banho de mar. Talvez por isso a praia tenha o respeitável nome do diabo — praia do Diabo —, uma pequena enseada entre Copacabana e o Arpoador. Não sei a razão do nome. O mundo ou é de Deus ou do diabo. Aquele trecho do litoral é do diabo e basta.

Ao meio-dia, ouço o sino que toca na Igreja da Ressurreição, no final do posto seis. Não gosto da igreja, parece uma agência bancária. Mas tem o sino. O poeta Drummond, que morava ali perto, na rua Conselheiro Lafaiete, também gostava daquele sino. Chegou a escrever ao vigário local, que hoje é bispo em Piracicaba, dom Eduardo Koiak. Por sinal, entramos no mesmo dia no mesmo seminário. Foram anos de vida em comum até que, ao chegar à teologia, ele foi se doutorar em Roma e eu vim quebrar a cara no mundo — na parte que toca ao diabo.

Foi dele a ideia de compensar a modernidade do novo templo com um sino que desencavou no interior de Minas, um daqueles sinos antigos, manobrados por cordas, de um bronze casto e distante, que fica ressoando no ar como a asa de um pássaro invisível mas próximo.

Em Roma tem sinos assim, nas aldeias de Portugal também, na Espanha não, os sinos da Espanha são diferentes, um pouco sinistros, há que se entender os sinos como se há de se ouvir as estrelas — está no soneto de Bilac. O poeta Drummond comovia-se e agradeceu ao padre ter trazido aquele sino fora do tempo, fora do espaço mais adequado a tangas e arrastões. Mas não penso em Drummond, nem mesmo em Koiak, quando ouço o sino. Penso em nada, simplesmente. Fico boiando no ar, como o próprio som do bronze, absurda trilha sonora, fuga e assombração.

Antigamente, os sinos marcavam nascimentos e mortes, incêndios e festas. Passaram de moda mas continuam tocando, ao menos ali, no Arpoador, com o apelo que me persegue e convoca, que ainda me chama. Um dia, tomo coragem e vou.

Nos tempos da onça

Uma pena que o antissemitismo e o integralismo entusiástico de Gustavo Barroso tenham apagado o mérito de sua produção literária. Mal comparando, ele repete em menor escala o caso de Wagner, que nunca será reabilitado totalmente da fúria ideológica que tornou sua obra polêmica.

Nos anos 1940, Gustavo Barroso publicou um livro merecidamente esquecido devido aos excessos de uma paranoia que pode ser atribuída mais a uma doença do que à perversão cultural.

O livro em questão é *Brasil, colônia de banqueiros*, historiando os empréstimos do Império e da República de 1824 a 1934. Há vários trechos que, descontada a paranoia ou a perversão, continuam atuais, explicando como se processa a política (ou o negócio) dos empréstimos internacionais.

Com base em dados oficiais, ele analisa o empréstimo feito ao Brasil por ocasião da nossa independência política, em 1822. O valor da operação foi de 12.397.777$777 (réis). Custou ao país 60.348.179$393. Quase cinco vezes o valor inicial.

E pior: de certa forma, até hoje estamos pagando essa dívida embutida nos juros de operações mais recentes, não mais feitas em libras esterlinas, como no tempo do Império, mas em dólares. Foi, como disse Gustavo Barroso, "o começo do giro de um parafuso sem fim".

Citando Amaro Cavalcanti, o escritor cearense verificou que o Império legou à República uma dívida de 30.283.200 de libras, nascida de um empréstimo de apenas três milhões de libras. Cita igualmente Oswaldo Aranha, ministro da Fazenda de Vargas, em relatório publicado no *Diário oficial* de 7 de fevereiro de 1934:

"Em contos de réis, o Brasil recebeu 10 milhões mais ou menos, pagou oito milhões e meio e ainda deve de capital quase 10 milhões, sem contar o serviço de juros."

São coisas do tempo do onça. Ficam atuais porque a onça continua bebendo a nossa água.

Convenção de Genebra

Cela do Batalhão de Guardas, aqui em São Cristóvão, dezembro de 1968. Joel Silveira e eu estávamos presos havia uma semana e eu começara a sentir uma falta desgraçada, não da liberdade, mas de um pouco de sol nos meus ossos.

Sentia-me apodrecer por dentro e por fora.

Todos os dias, o major Marsillac vinha conferir se tudo estava nos conformes dos regulamentos, demorava pouco, apenas para ver se não tínhamos nos suicidado com um lençol ou com a colher que traziam na hora das refeições.

Até que ele descobriu: Joel era sergipano, como ele, da mesma cidade do interior. Tornaram-se amigos, batiam longos papos. Com a intimidade nascida, Joel levantou o problema: eu precisava tomar banho de sol, direito garantido pela Convenção de Genebra a todos os presos do mundo, inclusive aos condenados à morte.

— O meu amigo precisa tomar sol — disse Joel. — A Convenção de Genebra...

— De quê!? — perguntou o major.

— De Genebra — repetiu Joel.

Aterrado, o major olhou para mim. Ficou afásico:

— Sim, sim, sim, de Genebra. — E saiu para tomar providências.

No dia seguinte, logo após a caneca de lata ordinária com um café frio e ralo, o major entrou na cela, jocundo:

— O comandante autorizou o banho de sol... uma hora apenas, no pátio do quartel...

Havia gozação no modo em que me intimou a gozar aquele direito. Perguntei ao Joel se ele também não queria banhar-se de sol, beneficiar-se da Convenção de Genebra. Joel estava lendo *São Bernardo*, fora amigo do velho Graça. Disse que não, nascera num lugar em que o sol queima até durante a noite, na infância tomara sol para o resto de seus dias.

Ao sair da cela, entendi a gozação do major: estava chovendo. Ele pensou que eu voltaria atrás, mas fui em frente. Tirei a camisa e encarei o pátio. Em algum lugar havia a frase em letras enormes: "A guarda morre mas não se rende." Fiz o contrário: não morri e me rendi à chuva e à provisória liberdade.

Fato histórico

Recebo e-mails perguntando se fiquei chocado com as fotos divulgadas pelo *Correio Braziliense* que mostravam um homem nu e, aparentemente, após uma sessão de tortura a que fora submetido pelas forças de repressão do regime militar. Se se tratava de Vladimir Herzog, como de início foi noticiado, não haveria motivo para o choque.

Choque houve, e tremendo, quando a foto dele, assassinado nos porões do DOI-CODI, ficou como um dos logotipos mais dramáticos daquele período de nossa recente história. Ninguém teve dúvida de que era o jornalista.

A versão do suicídio, defendida até hoje por alguns setores das Forças Armadas, nunca foi levada a sério nem mesmo pelos próprios militares. Tanto que o governo, presidido então por um general, demitiu o comandante sob cuja jurisdição ocorreu o crime que traumatizou a nação e foi uma das coordenadas que obrigaram aquele regime a aceitar a abertura democrática.

Quem viveu aqueles tempos sabe que uma das armas da repressão eram as fotos comprometedoras daqueles que, de uma forma ou outra, combatiam a força e a violência das autoridades. Numa de minhas prisões, mostraram-me a foto de um bispo, então num cargo importante da CNBB, num cinema, de mãos dadas com uma moça. Queriam me convencer de que a resistência de certa parte da igreja aos militares era suspeita, vinha de padres e bispos que não levavam a sério os seus votos sacerdotais.

É evidente que a prova nada me provou. Mas já sabia que os elementos da repressão forjavam encontros assim e tiravam fotos para a barganha: calar ou ficar desmoralizado.

Como disse Fernando Gabeira, não era da rotina tirar fotos durante ou depois de uma sessão de tortura. E mais: Vladimir não foi apenas torturado. Foi assassinado.

OS SAPATOS DO CORONEL

Insisto na imagem que aprecio: uma borboleta bate as asas na Tailândia e um furacão destrói metade da Flórida e de Cuba. Nem sempre a causa é proporcional ao efeito. Citando esta filosofia de almanaque, entro no assunto.

Crise militar, no Brasil, é recorrente. Nem precisa de uma causa específica. Está latente desde a Guerra do Paraguai, passando por Proclamação da República, Estado Novo e movimento de 1964, para citar os picos. No varejo, até a obrigatoriedade da vacina, do Oswaldo Cruz, foi motivo para uma crise que por pouco não engrossou e terminou em guerra civil.

Motivos nunca faltaram, justos ou injustos, sempre há um caldo de descontentamento entre os militares, mesmo quando estão no poder, abrindo-se alas radicais dispostas a tudo.

O caso da semana passada, provocado pelas fotos de um preso torturado pelo regime militar, qualquer que seja o seu desdobramento, será somado a outros menos relevantes e, sobretudo, à permanente reivindicação salarial, ao sucateamento dos equipamentos e outros problemas estritamente profissionais da classe.

Lembro um detalhe anterior a 1964. Numa reunião na editora Civilização Brasileira, Nelson Werneck Sodré, que era general do Exército e editado da casa, estava acompanhado de um coronel, seu amigo há anos. Não havia ainda a ameaça do golpe, pelo contrário, havia um plano de reformas de base que equivaleria a uma verdadeira e incruenta revolução.

Conversa vai, conversa vem, falou-se na situação salarial dos militares. Nelson pediu que o coronel mostrasse a sola de seus sapatos. Estavam com furos, tampados por um reforço de papelão.

Os entendidos em política, entre os quais não me incluía, fizeram uma leitura errada da sola daqueles sapatos. Meses depois, tanto Nelson Werneck Sodré como o editor Ênio Silveira estavam na cadeia. E eu, que nada tinha com aquilo, também.

A bagaceira e *O quinze*

Após a sessão de saudade dedicada a Rachel de Queiroz na ABL, o mestre Celso Furtado consultou-me, em sua humildade de intelectual cinco estrelas, sobre o lugar-comum que atribui a seu conterrâneo, José Américo de Almeida, com o romance *A bagaceira*, de 1928, o início do ciclo regional nordestino de nossa literatura.

Eu havia dito, na minha ligeira intervenção, que o ciclo teve começo com *O quinze*, de Rachel, e não com a obra do Zé Américo. É evidente que, durante a sessão, não houve espaço nem conveniência para explicação mais detalhada. Limitei-me a dizer que *A bagaceira* é regionalista em termos — somente em tema, não em linguagem — e que literatura nunca é tema, é linguagem.

A prosa de Zé Américo é até anterior à da Semana de Arte Moderna, de 1922, anterior à de Lima Barreto e até mesmo à de Machado de Assis, um autor basicamente do século XIX.

Rachel foi realmente a primeira regionalista. O livro de Zé Américo seria pioneiro do ponto de vista sociológico, mas tivemos obras anteriores com a temática social e regional em primeiro plano, mas sem a linguagem correspondente.

Basta lembrar que as parábolas de Cristo são todas regionais. Renan chega a declarar que os Evangelhos são um auto pastoril, com suas histórias de joio e de trigo, de ovelhas perdidas, de filhos pródigos, de samaritanos, de figueiras sem frutos, de cântaros com água e vinho, de candeias sem azeite e searas douradas, de trabalhadores de undécima hora, de campos semeados. Todas as imagens e parábolas do cristianismo inicial são regionais, não chegam a ser regionalistas.

A temática não faz de *A bagaceira* um livro que possa ser considerado modernista. O mesmo ocorre com *Canaã*, de Graça Aranha. Num polo oposto, a temática de Guimarães Rosa é quinhentista quase, quase medieval. Mas sua linguagem é uma referência do mais moderno de nossa literatura.

Lição de vida

O avião era grande, desses que têm esquinas, escadas internas e segundos andares. Tive dificuldade de localizar o assento, no cartão de embarque o seis parecia um oito, ou vice-versa. A comissária de bordo veio me ajudar, indicou-me a poltrona, sorriu e, antes que eu agradecesse, ela disse: "Obrigada."

Fiz a cara de sempre, a de quem nada entende de nada. E, que me lembrasse, nada fizera para que merecesse o agradecimento de quem quer que fosse.

Ela compreendeu e acrescentou: "Li uma historinha sua no livro de minha filha e aprendi uma grande lição de vida." Outros passageiros engarrafaram o corredor e a conversa parou ali mesmo, ela foi fazer a sua parte e eu fiz a minha, amarrando-me no assento e invocando meus santos preferidos para que me protegessem.

Só depois fiquei pensando: que historinha teria sido essa, com uma lição de vida — eu, que nada aprendi da vida, que tanto quebro a cara a cada dia e que sempre que posso, e mesmo quando não posso nem devo, procuro justamente nada ensinar do nada que não me canso de aprender?

Bem, o avião decolou, a viagem demoraria mais de 11 horas, se houvesse oportunidade, eu tomaria satisfações com a moça. Mas não foi preciso. Servido o jantar, naquele hora em que todos procuram dormir no avacalhado território que costuma ser vendido como "o mais espaçoso e confortável", a comissária veio com um caderninho que me parecia de endereços. Ela mesma acendeu a luz individual que me iluminaria e mostrou uma anotação feita com tinta vermelha: "A melhor forma de se encontrar é quando tudo está perdido."

Não me lembro de ter escrito essa frase, que tem um leve bafio acaciano. Mas estava cansado e com sono. Fiz um gesto vago, como se desdenhasse o que havia escrito. E, como eu parecia sentir frio, ela abriu a coberta azul e me agasalhou, como se agasalha um menino.

O buraco da memória

Coisa misteriosa, para mim, é um buraco, qualquer buraco. Na infância, ficava intrigado: quanto mais terra tirava do buraco, mais terra havia. Não acabava, a menos que eu fosse parar no Japão, que me garantiam estar bem embaixo do

Lins de Vasconcelos, mas do outro lado do nosso planeta. Seria exagero, nada tinha a fazer no Japão.

Memória também é um buraco, quanto mais se tira matéria, mais matéria aparece. E, ao contrário dos buracos que fazemos no quintal, nem adianta ir até o fundo, pois não há nada, nenhum Japão no fundo dela.

Mexendo em papéis antigos, dei com um dos testamentos que o pai fazia de vez quando, nos raríssimos momentos em que não tinha nada a fazer. Eram muitos os seus testamentos, suas últimas declarações e vontades. Começava invariavelmente perdoando todos os seus inimigos — e ele nunca teve um inimigo. Não levava mágoas de ninguém, pois nunca se sentia magoado, um bom-dia que recebia do vizinho ou do leiteiro era uma homenagem, um tapete vermelho estendido à sua frente. Acreditava que todos gostavam dele porque gostava de todos.

Não se lembrava de ter, voluntariamente, ofendido ou destratado quem quer que fosse e, se o fizera, pedia desculpas e prometia reparação — se houvesse tempo e oportunidade.

Citava uma infinidade de amigos e conhecidos, dando um livro de sua biblioteca ou um selo de sua coleção a cada um deles como "penhor de sua amizade". Pedia moderação nos funerais, nada de luxos e de prantos. Aceitava preces, confessava que tinha muitos pecados e deles se arrependia.

Foram vários os testamentos, todos mais ou menos iguais, somente as datas variavam. O último, feito pouco antes do fim, foi o mais enigmático, ele que não tinha enigma nenhum, era transparente e colorido como um vitral de igreja. Deixou um embrulho para mim, embrulho que nunca abri. Foi a forma que encontrei para que ele continuasse perto de mim.

Velhas e queridas

Outro dia, em Belo Horizonte, quiseram tirar uma foto minha no escritório de famoso escritor das Gerais. Sentaram-me na poltrona em frente à sua mesa de trabalho, num escritório bacana, com paredes revestidas de nobre madeira, tapetes orientais, lustres murano e uma velha máquina de escrever que servira para desovar pelo menos duas obras-primas de nossa literatura.

Por Júpiter, que máquina! Nunca tinha visto uma igual, nem mesmo na cabine do responsável pela navegação do "Titanic", máquina que aparece de relance pouco antes de o navio bater no iceberg.

Com as teclas à mostra, bem no alto, alinhadas como num pente, escondiam praticamente o teclado. Não sei como aquilo podia funcionar, pois, aparentemente, não havia espaço para a fita — nem mesmo para o rolo onde o papel pudesse ser colocado. No entanto a geringonça devia funcionar, funcionou realmente, durante espantosos 22 anos. O escritor nunca mudara de equipamento.

Pulo para o meu caso pessoal. Acredito que tive umas cinco ou seis máquinas um pouco mais modernas do que aquela, e me espantava com os avanços de cada uma. Foram todas aposentadas com a chegada dos computadores. Por inexplicável sentimentalismo, guardei apenas uma delas, na qual escrevera, pálido de espanto como aquele poeta que ouvia estrelas, o meu primeiro romance.

Impossível fazer isso com os computadores. Em pouquíssimo tempo estou sendo obrigado a mudar de equipamento, quase que anualmente, devido a superação dos modelos.

Resultado: não me apeguei a nenhum deles, troco-os como troco de lâmina de barbear ou de escova de dentes.

Não creio que eles tenham inspirado qualquer tipo de poema a nenhum poeta. Mas lembro um bonito soneto de Ghiaroni, dedicado à sua máquina de escrever. Não o sei de cor. Tuberculoso, terminal, ele pede que a mãe dele não se assuste quando, em noite de luar, sozinhas, as teclas baterem devagar.

Obras-primas

A editora Record e a escritora Heloísa Seixas realizaram um dos meus sonhos: ver em livro alguns dos trabalhos publicados na revista *Manchete*, durante cinco anos, de 1972 a 1977, sob o título, instigante é certo, mas errado, *As obras-primas que poucos leram*.

Errado porque na relação aparecem livros mais do que lidos, como *Memórias póstumas de Brás Cubas*, *Os Maias*, *O sol também se levanta* e outros. O título, dado por Justino Martins, é apelativo, apenas isso. A finalidade da série era divulgar alguns dos livros mais importantes da literatura universal.

Havia um esquema para cada artigo: a biografia do autor; a história contada ou o tema abordado em cada livro; um resumo crítico da obra. Foram mais de duzentos artigos assinados por autores de peso: Antônio Houaiss, Paulo Mendes Campos, Ledo Ivo, Ruy Castro, R. Magalhães Jr., Josué Montello, Joel Silveira, José Lino Grunewald e, principalmente, Otto Maria Carpeaux, campeão absoluto da série.

Aliás, foram as últimas colaborações do grande ensaísta para a imprensa brasileira. Seus últimos artigos, escritos pouco antes de sua morte, foram de caráter autobiográfico, que tive a ousadia de exigir dele e a alegria de publicar.

A seleção feita por Heloísa é de apenas setenta obras, e a editora não teve acesso ao material iconográfico que acompanhava cada artigo. Uma pena. Sobretudo quando a obra em questão pertencia ao fosso dos "que poucos leram", como *Bubu de Montparnasse*, de Charles-Louis Philippe, ou *Viagem ao fim da noite*, de Louis-Ferdinand Céline.

Espero que a Record e Heloísa completem a série, dando preferência, sobretudo, aos livros que justificam o título dado pelo Justino, como *O grande Meaulne*, de Alain Fournier, *Os ratos*, de Dionélio Machado, e tantos outros. Mesmo assim, como está, cumpre um papel que transcende a divulgação do mundo das letras, mas é, em si mesmo, uma referência literária.

Tombamento inútil

Sempre acreditei que o Cristo Redentor fosse tombado. Ou nem isso: sempre o considerei coisa nossa, como o Pão de Açúcar, que lhe faz frente, e o Corcovado, que lhe serve de pedestal — o pedestal mais fantástico do mundo.

Parece que só agora vão tombá-lo. Já tombaram tanta porcaria que nem fica bem ao maior símbolo da cidade — e seu principal personagem — ficar ao lado de casas e coisas sem estilo e sem história.

Sempre considerei o Cristo Redentor o maior carioca de todos os tempos. Lá de cima, ele não só abençoa a cidade mas a abraça — e abraça a cada um de nós. Se as coisas andam mal para o Rio, a culpa não é dele. Faz o que pode. Não apenas abraça e abençoa mas lamenta as nossas misérias, abrindo os braços colossais, de espanto e, ao mesmo tempo, em súplica: "Parem com isso!"

É o primeiro a escutar o som dos tamborins do nosso Carnaval, o primeiro a se encharcar com os nossos temporais, o primeiro a sofrer com os nossos apagões. Quando há gol no Maracanã, sem precisar de rádio ou de TV, ele ouve o grito da torcida e, conforme o caso, parece dizer: "Como pode?" Se o gol é a favor, lá está ele, de braços abertos, para o abraço da primeira comemoração.

Quando vejo um quadro, um desenho do Rio antigo, aprecio a beleza de uma cidade bucólica, sem a confusão e a malignidade dos nossos problemas de hoje. Mas sinto logo que falta alguma coisa no cenário. Aquela pedra nua, apontada para o céu, parece esperar pelo último toque que lhe dará, além da monumental audácia da natureza, o toque humano que a completará como pedra e paisagem.

Ao contemplarmos aquele gigante de braços abertos, não pensamos numa expressão confessional, numa religião, embora ele seja o personagem central de uma delas. Olhando para ele, qualquer carioca sabe que chegou em casa.

O cheiro do dinheiro

Não sei até que ponto o presidente Lula é versado em clássicos nem mesmo se conhece do ultrapassado latim aqueles ditados que advogados e subliteratos de todos os calibres gostam de citar.

Acredito piamente que ele deva ter ouvido falar do imperador Vespasiano, que mandou cobrar impostos dos mictórios de Roma. Seu filho foi reclamar: assim não, era demais, taxar secreções não ficava bem ao império que era o dono do mundo de então.

Vespasiano respondeu ao filho: "*Pecunia non olet.*" Tradução adaptada: dinheiro não fede nem cheira. É evidente que Lula andou queimando as pestanas em cima dos clássicos, pois deu resposta aproximada às críticas que lhe fizeram durante a viagem aos países árabes, sobretudo à Líbia, governada há anos por um dos tiranos mais notórios do nosso tempo. Dinheiro não fede. Em nome de possíveis investimentos para elevar uma balança comercial que sempre balança e costuma cair, vale qualquer esforço para estreitar os laços de fraternidade com outros governos.

Durante este primeiro ano de governo, sempre elogiei as andanças do nosso presidente mundo afora. Ele continua sendo um animal exótico no panorama internacional, e é bom que o seja, pois isso rende simpatia e boa vontade para com o Brasil.

Não faz tanto tempo assim, o ditador da Líbia ameaçou destruir quase toda a Europa ocidental com mísseis soviéticos que abasteciam a Guerra Fria. Lembro que foi marcada data, hora e local para o primeiro míssil que estouraria no centro de Roma — a mesma Roma cujos mictórios públicos foram taxados por Vespasiano e aumentaram o orçamento do império.

Todos sabemos que dinheiro, ao contrário do que o imperador pensava, tem cheiro. Costuma cheirar maravilhosamente para quem tem e, por outros motivos, cheira desgraçadamente. A questão é saber que tipo de nariz se dispõe a cheirar o dinheiro. Em alguns casos, deve-se tampar o nariz.

Incenso, ouro e mirra

Hoje é Dia dos Reis Magos — história ou lenda que foi absorvida no calendário cristão, mencionada nos textos evangélicos, mas comum a diversas culturas e tradições. Pelo que se sabe, não chegavam a ser reis de qualquer reino da Terra, mas reis de um território sem fronteiras nem donos, o da magia. Ao contrário dos sábios pagãos que olhavam as tripas de aves e répteis, eles olhavam o céu e viam sinais — tal como o Paulo Coelho, que também é mago e vê sinais nas areias de Copacabana.

"Vimos a sua estrela no Oriente e viemos com presentes adorá-lo", foi assim que se explicaram a quem pediam informações sobre certa gruta nas imediações de Belém. Sem querer, causaram o massacre dos inocentes, duas mil crianças foram degoladas por Herodes, na operação preventiva mais famosa da história.

Voltemos aos Reis Magos. Eles viram uma estrela no Oriente e partiram. Uma lição para todos nós. Nem sempre partimos quando é necessário partir, ficamos na nossa, esperando que tudo caia do céu ou venha dos outros.

Mas não basta partir. Não se deve partir de mãos vazias, há que enchê-las daquilo que o evangelista chamou de *muneribus*, que em latim significa "presentes". Segundo a tradição, eles levavam incenso, ouro e mirra.

Renan dizia que os Evangelhos são um auto pastoril de grande beleza e que as metáforas neles contidas são as mais importantes do Ocidente, embora localizadas no Oriente.

A lição dos Reis Magos é um apelo para a nossa vida comum, a vida de todos os dias. "Não pode alcançar os astros quem leva a vida de rastros/ Quem é poeira do chão" — isso não está nos Evangelhos, mas numa canção que Dalva de Oliveira cantava nos anos 1950.

Devemos olhar para cima, como os Reis Magos. E partir, levando o incenso, o ouro e a mirra. Encontrando ou desencontrando o que procuramos, não estaremos de mãos vazias e inúteis.

O ANIMAL TEIMOSO

A recente tragédia na Ásia causou um impacto mundial e, ao mesmo tempo, uma surpresa. O trauma foi terrível e atingiu a todos nós, que mais uma vez ficamos conscientes da fragilidade do nosso mundo e de nossas vidas.

A surpresa veio nos dias seguintes. Nem os milhares de mortos haviam sido enterrados, e os turistas, muitos dos quais morreram literalmente na praia, já estão de volta, tampando o nariz com máscaras.

Bem verdade que o tsunami não teve intensidade igual nas regiões atingidas pela violência do maremoto. Mesmo assim, causa espanto que, em muitas praias que sofreram a fúria do oceano, os turistas já estejam de volta, refestelados em suas cadeiras de lona, bebendo drinques coloridos pelo canudinho, como se nada houvesse acontecido.

É assim mesmo. O habitante principal deste planeta, tão problemático, é osso duro de roer, insiste e insiste contra a razão, o bom senso, a adversidade, seja ela qual for, e a civilização nasceu e continua em processo justamente por causa dessa insistência. Não fôssemos chatos, pagando sempre para ver, e ainda estaríamos morando em cavernas e arrastando as nossas mulheres pelos cabelos.

Quando houve o terremoto de Lisboa,Voltaire clamou contra Deus e acreditou que ninguém mais habitaria a foz do Tejo. O mesmo aconteceu, séculos antes, quando o Vesúvio destruiu Pompeia, e Plínio, não sei se o Plínio Velho ou Jovem, acreditou que ninguém mais habitaria as encostas daquele vomitador de fogo. Que vomitou fogo outras vezes e vomitará mais cedo ou mais tarde. Nem por isso os napolitanos deixam de cantar até hoje que o sol é deles.

Los Angeles, uma das cidades mais feéricas do mundo, tem encontro marcado com uma fenda igual a que causou a tragédia da semana passada. Donde se conclui: o homem vive e sobrevive não por ser um animal racional, mas por ser um animal teimoso.

Lula e os leões

Não tenho certeza, mas acho que entre as leituras de Lula ao longo da vida está o *Tartarin de Tarascon*, de Alphonse Daudet, uma das obras-primas que até hoje me encantam quando estou triste, triste de não ter jeito.

Tartarin era temido, temido e famoso em Tarascon, pela sua coragem e pelas suas caçadas. Fazia parte do Clube dos Caçadores e, cansado de caçar passarinhos, coelhos e perdizes, declarou-se entediado, proclamou que iria caçar leões em África. O rei dos caçadores enfrentaria, cara a cara, os reis dos animais, enfrentando-os no próprio habitat, em campo adverso.

Passou o tempo, Tartarin encomendou um arsenal de caça, uma tenda de campanha que provocou pasmos, muniu-se de mapas, bússolas e roupas especiais para desentocar os leões em suas covas. O tempo continuou passando, no Clube dos Caçadores, todas as noites, o assunto eram os leões que Tartarin caçaria, leões que rugiam em suas covas, sem saber que seus dias estavam contados, o temível Tartarin estava a caminho.

Passaram-se novamente muitos sóis e luas, e Tartarin não partia. Até que no Clube dos Caçadores, sem ninguém combinar nada, houve um consenso: Tartarin já partira, já caçara muitos leões, e todos comentavam a valentia e a arte de Tartarin em caçar leões. O próprio Tartarin, após algumas hesitações, acreditou que fora à África, caçara muitos leões; à noite, na taba, contava como pegara um a um os leões mais ferozes da África.

A anunciada reforma ministerial de Lula tem espantosa coincidência com os leões caçados por Tartarin. Desde o seu primeiro dia de governo, no clube dos caçadores de notícias, anuncia-se a formidável expedição de Lula às covas onde estão tocaiadas as grandes feras da selva política.

Passaram-se dias, semanas e meses. Até que todos começam a admitir que a reforma já foi feita. E Lula é o primeiro a acreditar na sua mais assombrosa façanha.

Mar aberto

Cena de um filme de Jacques Tati com a qual me identifico: num balneário de classe média, um executivo gordo e careca está boiando no mar, de óculos escuros para se proteger da luminosidade meridional.

Um mensageiro do hotel onde o executivo está hospedado chega até a praia trazendo a extensão de um telefone — naquele tempo não havia celulares. Grita pelo homem, avisando-o que é chamada urgente de Paris.

O executivo estava boiando e cochilando. Ao ouvir o aviso, vira-se e começa nadar furiosamente, mas em sentido contrário ao da praia. Despertado abruptamente, sente que é de sua obrigação fazer qualquer coisa, tomar providências. E a primeira providência que toma é partir, seja lá para onde for.

Não sou executivo de nada nem frequento balneários de alta ou de média classe. Estou um pouco acima do peso, mas não chego a ser obeso. Escassos cabelos ainda me livram da categoria de careca, aquela que serve de referência topográfica quando se quer localizar um alvo: "Ali, logo depois daquele careca... à esquerda..."

Mas gosto de ficar boiando, sem fazer nada, de olhos fechados, protegendo-me não da luminosidade meridional, mas da luminosidade tropical. Quando sou convocado a alguma tarefa, faço que nem o executivo do filme de Tati: parto.

Tenho desculpa para a minha preguiça. Meu avô morreu na luta, o meu pai, pobre coitado, fatigou-se na labuta, por isso nasci cansado. (Esta última frase deveria vir entre aspas, é versinho de Orestes Barbosa para um samba de Noel Rosa.)

Explicada a fadiga, fica difícil explicar por que tomo sempre a direção errada. Sou chamado à praia, aos telefones da humana lida, do continente me convocam para qualquer coisa que me cobram ou que me julgam capaz de fazer. No sobressalto da missão a cumprir, com boa vontade atendo ao apelo. Mas instintivamente evito a terra firme e prefiro a distância do mar aberto.

A glória e a flanela

Não tenho culpa de considerar *Tartarin de Tarascon*, de Alphonse Daudet, que transformou um dos livros mais satíricos e até mesmo debochados da novelística universal numa obra fundamental para conhecer os labirintos do homem, as motivações de dentro que se expressam aqui fora, na comédia ou na tragédia do dia a dia. Pensando bem, não é outra a finalidade da literatura.

Citei há pouco o episódio de sua não ida à África para caçar leões, caçada que não se realizou, mas que acabou sendo aceita e glorificada por todos, inclusive e principalmente pelo próprio Tartarin. Comparei a façanha não realizada à sinfonia inacabada da atual reforma ministerial, tão anunciada que nem precisa mais ser feita.

Contudo a melhor passagem do romance é um achado genial, juntando na alma de Tartarin, prestes a realizar e não realizar a sua extraordinária aventura, o conflito interior entre Tartarin-Quixote e Tartarin-Sancho. Bolação implícita em Cervantes, mas não explicitada.

A cena é a seguinte. Tartarin está com tudo pronto para ir caçar leões na África: rifles, pistolas, facas, facões, uma bússola para se orientar nas selvas africanas, uma tenda-abrigo para protegê-lo nas noites temerárias. Mas se debate interiormente, roído entre o instinto da grandeza e a mediocridade de sua vida provinciana. Em dado momento, Tartarin-Quixote grita para ele mesmo: "Tartarin, cubra-se de glória." Mas logo Tartarin-Sancho o traz de volta à realidade: "Tartarin, cubra-se de flanela."

Todo o drama humano está nisso, entre a glória e a flanela. É lícita a pergunta: quem ganhou o conflito interior na alma de Tartarin? A luta termina com Tartarin-Quixote gritando em sua sala, exaltado, o rosto afogueado pela decisão heroica: "Um machado, me deem um machado!" Mas logo toca a campainha chamando a empregada: "Jeanete, traga o meu chocolate."

O FIM DO DOMINGO

Marcaram a manhã de domingo para lhe dar alta na casa de saúde. Um exame que podia ser de rotina, mas se complicou. Não correu risco de vida, mesmo assim ficou assustado. A última recomendação do médico foi estimulante: "O dia está lindo, aproveite o domingo!"

Realmente, o dia estava lindo. Ele pensou em pegar o carro, mas preferiu caminhar, seria bom e lhe faria bem exercitar as pernas após os dias de imobilidade. Ao contrário de seus hábitos, que procuravam ruas desertas e distantes, preferiu as pessoas que andavam nas pistas da praia, tomavam chope nos bares, aquilo era um tipo de vida que lhe podia ser roubado, mas não lhe faria falta.

Almoçou com vontade, uma salada igual a que comera em Viena, no ano anterior, um pouco açucarada, combinando bem com o filé de robalo na brasa. Bebeu um chope devagar, olhando duas moças que passavam na calçada, uma delas o cumprimentou, sorrindo, talvez o confundisse com algum conhecido.

Depois andou novamente, parou no mirante do Leblon e ficou ouvindo o barulho das ondas e a conversa dos grupos que se revezavam na mesma contemplação do mar azul que batia com força nas pedras fatigadas.

Tão bonito isso aqui, dá pena que... o homem que consertou o meu carro disse... acho que ainda podemos pegar a sessão das quatro no shopping da Gávea... aquela ali deve ser a ilha Rasa... não acredito mais, você prometeu que...

Aos poucos, o morro Dois Irmãos escondeu o sol, mas a claridade continuava, cor de laranja antiga. E ele andou a praia toda, viu e ouviu muitas coisas, de repente sentiu um pouco de náusea, devia ser apenas cansaço. Pensou em Sartre (por que em Sartre?) e num par de patins que ganhara quando fizera oito anos. Levara um tombo e quebrara um dedo.

Atrás dele, na praia, na cidade, no mundo, nas ruas que começavam a ficar acesas naquele final de tarde, um formidável acontecimento agonizava: era o fim do domingo.

FORA TODOS!

Já lembrei aqui neste espaço, há tempos, a cena deliciosa de um dos melhores romances que li em toda a minha vida, *Fontamara*, de Ignazio Silone, autor italiano patrulhado pelos comunistas, embora tenha sido, ele próprio, um comunista sincero, mas independente da linha ditada pelo "pápucha" Stalin e seus prepostos espalhados pelo mundo, inclusive no Brasil.

Uma comissão de fascistas vai a Fontamara, aldeiazinha perdida nas montanhas, onde todos são analfabetos e vivem brigando por causa de cabras e, sobretudo, por causa de água, água pouca, que só existe numa fonte, a fonte amarga do título. Os fascistas fazem uma pesquisa de opinião e querem saber como recensear aqueles camponeses rudes, fora do contexto que Mussolini havia criado na Itália.

Era impossível e, principalmente, inútil fazer um questionário sobre o pensamento político daquela gente. Os fascistas simplificaram. Chamavam um a um os fontamarenses e pediam para que eles dessem um viva a qualquer pessoa ou entidade. O primeiro deu um "Viva o rei!" e foi cadastrado como monarquista. Outro deu um "Viva o papa!", foi catalogado como clerical. Uma velhinha deu um "Viva São Roque!", padroeiro da aldeia, e foi arrolada como anarquista. E um outro vivou o povo, recebendo a classificação de comunista.

O ancião mais velho da aldeia, desconfiando que nenhum daqueles vivas havia agradado aos fascistas, pensou em dar um "Viva Garibaldi!", mas teve receio de também não agradar. Deu um "Viva todos!". Foi fichado como liberal. É isso aí. Viva todos.

Na semana passada, numa dessas manifestações contra a corrupção reinante, apareceu uma faixa: "Fora todos!" (Não tenho certeza se havia o ponto de exclamação, seria redundante.) Seriam liberais como o velhinho de Fontamara, na base do: estando tudo na pior, o mais sábio e decente é irmos todos embora.

Mas para onde?

Salgueiros e harpas

Um dos salmos mais conhecidos (e bonitos) atribuídos ao rei Davi é o 137, que chegou a ser musicado por alguns compositores profanos. "Junto aos rios de Babilônia nos sentávamos e chorávamos, nos lembrando de ti, oh, Sião! E nos ciprestes pendurávamos as nossas harpas. Os que nos levaram cativos pediam uma canção para que os alegrássemos, dizendo: 'Cantai uma canção de Sião.' Como cantaremos a canção do Senhor em terras estranhas?"

Nos últimos meses, temos a impressão generalizada de que estamos em terras estranhas, uma espécie de cativeiro moral, no qual ficamos presos e saudosos de uma Sião que julgávamos nossa, constante e eterna.

Nem o futebol escapou da geral avacalhação dos valores que, como povo, cultivávamos sem fanatismo, mas com boas intenções. Felizmente, leio nas folhas que pelo menos o pessoal daqui do Rio começa a apanhar as harpas penduradas nos salgueiros da desolação. As escolas de samba, entre as quais, por coincidência ou propósito, há uma que se chama Salgueiro, já iniciaram os preparativos para o desfile do próximo Carnaval — se é que haverá Carnaval no ano que vem, após o prolongado entrudo que estamos vivendo.

Ainda bem. É sempre com pasmo que tomo conhecimento de que nada afeta a tradição — por sinal, nome de outra escola, com direito à maiúscula: Tradição.

Não temos harpas no Carnaval. É um instrumento suave, harmonioso, mas um pouco triste. Temos cuícas, pandeiros, tamborins, frigideiras e surdos que combinam melhor com a nossa cara e gosto. O arsenal começa a descer dos salgueiros e não damos bola para aqueles que nos jogaram no cativeiro de uma Babilônia que parece não acabar.

Folia por folia, vamos em frente. Não temos o Tigre nem o Eufrates, rios em cujas margens possamos chorar, vendo penduradas as nossas harpas inúteis.

Favas contadas

É raro o dia em que, ao abrir minha caixa eletrônica, não encontre, ao lado de esculhambações diversas e merecidas, o pedido de gente aflita, recorrendo ao cronista em busca de uma solução para as coisas que estão acontecendo no Brasil e no mundo.

Gente mal informada, sem dúvida, mas não custa atendê-la. Aprendi no *Grande e verdadeiro livro de São Cipriano* uma receita para momentos calamitosos como o atual. Trata-se da "Grande mágica das favas", acredito que já a mencionei em tempos passados e equivalentes.

Pega-se meia dúzia de favas, verdes ainda, coloca-se num tacho de cobre junto com duas corujas defumadas, uma raiz de salgueiro-bravo, cinco dúzias de cantáridas, grãos de incenso indiano à vontade e, como peça de resistência, um corcunda passado num ralador de coco.

O mais difícil é o último ingrediente, convencer um corcunda a ser ralado deve ser problemático, mas há uma vantagem: quanto mais o corcunda berrar, maior será a eficácia da mágica. Outro ingrediente complicado é colocar na mistura um fio da barba de algum personagem envolvido na questão. Neste particular, a oferta é abundante, temos gente barbada demais por aí, dentro e fora dos diversos escalões da República.

Isto posto, derrama-se o conteúdo numa encruzilhada, à meia-noite de uma sexta-feira, e espera-se o resultado. São Cipriano garante que o esconjuro é eficaz. A "Grande mágica das favas" são favas contadas. Tudo se resolve e o que não for resolvido, resolvido está, pois nada mais é possível resolver.

Acho que atingimos este ponto, não de desespero, mas de esperança. Acreditar no maravilhoso é preciso. Pelo menos, é mais confiável do que acreditar nos depoimentos, nas acusações disso e daquilo e, sobretudo, na tradicional promessa de que tudo será apurado.

Os finados e a chuva

Deus é testemunha de que nada tenho contra os finados nem contra o seu dia específico, que hoje se comemora. Pensando bem, um cientista político, desses que estão aparecendo com frequência nas TVs a cabo, poderia dizer, usando a terminologia em moda: o Dois de Novembro de cada ano é um dia-ônibus, onde cabemos todos, mortos definitivos e vivos ainda. Será também nosso, mais cedo ou mais tarde.

Cultuar os mortos é prática antiga, manifestada de diversos modos. Algumas religiões, até mesmo as de alcance universal, foram criadas e são mantidas por alguma forma de culto (ou respeito) aos mortos. Há mesmo um ditado que garante: os mortos governam os vivos, o que às vezes acontece mesmo.

No meu caso pessoal, sou e continuo refratário a qualquer sentimento coletivo. Seiva ruim e egoísta, DNA agravado por gerações, não é de meus hábitos embarcar em ônibus com muita gente.

Gosto de contar e repetir a história do lorde e do mordomo. Estavam os dois, o lorde e o mordomo, em frente à imensa janela que se abria para os verdes campos da velha e querida Inglaterra. Empertigado, solene em seu fraque funcional, e só para dizer alguma coisa, o mordomo comenta:

"Meu senhor, acho que teremos chuva." Sentado em sua poltrona de couro, o lorde corrige o mordomo: "Não, meu caro James, não teremos chuva. Eu terei a minha chuva e você terá a sua chuva!" (Uso o nome de James porque acredito que todos os mordomos ingleses se chamem James.)

É isso aí. Cada um tem a sua chuva e os seus mortos. Eu tenho os meus, e bastam. Não tenho por que chorar os mortos dos outros, tantos. Na realidade, nem chego a chorar pelos meus. Lembro deles com carinho, mais carinho do que saudade. Carinho pelo que foram para mim em vida, carinho e gratidão pela lição que de alguma forma me deram, ao viver e, principalmente, ao morrer.

Loucura como método

A citação do *Macbeth* ficou banal: a vida é o conto de um idiota, cheio de som e fúria, significando nada. Ela se aplica à devassa que estão fazendo para apurar a corrupção na vida pública. Determinada comissão chega a um resultado que logo é anulado por outra. Quando as coisas parecem levar a um resultado concreto, ainda que provisório, sujeito a chuvas e trovoadas, entra o Judiciário, que anula ou prorroga tudo.

Para quem acompanha o caso, que se desdobrou em dezenas de outros casos, desde o suposto suicídio de um médico-legista, em Santo André, episódio totalmente periférico, às supostas candidaturas à vice-presidência na chapa da suposta reeleição de Lula — que, aparentemente, não está em questão, mas está, e como —, tudo deságua na loucura que estamos vivendo há meses e que já se transformou numa espécie de demência nacional.

Curiosamente, há método nesta loucura, tal como havia método na loucura de Quincas Borba, o próprio, e em seu discípulo e herdeiro, incluindo o cão, que também se chamava Quincas Borba, formando os três um tipo de trindade que não era santa, mas tinha lá o seu método — método que parece faltar na outra, a santíssima.

E tem mais: não é um método pré-existente ou fabricado. Ele nasce por geração espontânea, na qual todos participamos na voz ativa, passiva ou complacente. De certa forma, o método é mais importante e decisivo do que a própria loucura. E se resume na força dos fatos contraditórios da condição humana, que não deixa de ser uma loucura — esta, sim, sem método algum.

Houve o rei que recebeu de um pajem a notícia de que perdera a guerra, a rainha fugira com o duque, as colheitas estavam dizimadas, os rios, envenenados. Tantas e tais notícias eram para deixar louco qualquer um, mesmo em se tratando de um rei. Ficou louco, realmente, mas não deixou de ter o seu método: mandou cortar a língua do pajem para impedir que ele trouxesse qualquer outra notícia.

Viva a fome

Tudo ia mal no reino, mas todo mundo ainda tinha esperança. O reino era vasto e rico, habitado por gente de bom coração, embora de pouca memória. O importante era que ninguém se esbofava muito, o reino não tinha pressa porque todos esperavam pelo futuro que começava a cada dia e acabava a cada noite. Então iam todos dormir, e aí o produto interno bruto diminuía e a população crescia.

Porém já cinco séculos se passaram, e, como todos tinham futuro e ninguém tinha pressa, as coisas ficaram para o próximo ministro da Fazenda resolver, desde que não resolvesse nada realmente. O povo, rei, ministros e súditos temiam que algo desse certo e o melhor era não mexer no que estava dando errado. A alternativa poderia causar convulsões sociais e debacle suficiente do reino como um todo.

O rei era probo. À primeira vista pode parecer um pleonasmo, mas naquele reino houvera reis que não eram probos. O anterior fora destronado sob acusação de ladrão e o posterior foi acusado de burro. Pode parecer (também à primeira vista) que o povo não amasse seus soberanos. Por sua vez, todos acreditavam que os soberanos detestavam o povo — e tinham motivos para isso.

Felizmente, havia o Ministério da Fazenda como principal intermediário entre o rei e o povo. Era hábito salutar de todos os ministros pregarem austeridade nos gastos, eficiência na cobrança de impostos e cota de sacrifícios de todos, rei, ministros, governadores e povo — sobretudo povo.

Os planos se sucediam, alguns ministros recomendavam que o povo não gastasse, outros que o povo devia gastar mais, houve ministra que confiscou tudo e outro que aboliu a lei da oferta e da procura. Nada dava certo, mas isso era parte da vida e do encanto do reino. Havia fome em algumas regiões do reino, mas isso também era rotina: todos eram contra a fome, os intelectuais assinavam manifestos e os artistas davam espetáculos contra a fome. Num banquete de quinhentos talheres onde foram consumidas duas toneladas de picanha, um poeta declarou: "A fome é morta! Viva a fome!"

O ELOGIO DA MENTIRA

Nunca havia pensado naquilo. Já trabalhava em jornal, sabia algumas coisas e julgava saber outras. Dico, grande amigo meu, mamando um "Ouro de Cuba" (entre outras coisas, ele me ensinou a fumar charutos), me fez uma pergunta que eu não soube responder: "Você já imaginou se no céu soasse um gongo gigantesco e, a partir daquele momento, pelo espaço de apenas dez minutos, só se pudesse dizer a verdade? Como seria o mundo, como seríamos nós mesmos após os dez minutos da verdade?"

Confesso que fiquei gelado. Nunca imaginara a hipótese, a verdade obrigatória, fosse qual fosse, não a verdade dos reis e dos papas, dos grandes do mundo e das artes, mas a verdade do homem comum, do marido e da mulher, dos colegas de repartição ou de aula, de todos, enfim. É evidente que durante os dez minutos tudo seria fácil e, como querem os politicamente corretos, tudo seria transparente, ético. O problema seria o depois, a volta não à mentira, mas à verdade.

Dico era leitor fanático de Shakespeare. A ideia do gongo da verdade deve ter nascido de algum trecho que ele leu ou deduziu do seu mestre. De alguma forma, eu já fora informado de que a sociedade humana tinha como ponto de gravidade a mentira, a convenção, em torno da qual se erguiam todos os demais valores. E tinha de ser assim mesmo, do contrário, haveria uma hecatombe geral ou um suicídio coletivo — uma hipótese com a qual sempre brinquei, considerando-a profilática.

Antes que me perca em divagações mais extravagantes, voltemos à necessidade da mentira. Seu papel civilizador, sua urgência moral, sua inevitabilidade social. Ela é que nos mantém vivos, conseguindo até a proeza de nos dar momentos felizes ou suportáveis. Erasmo elogiou a loucura. Estou eu aqui a elogiar a mentira, que, aliás, não precisa de elogio, tão necessária é para que tudo funcione, desde o governo até a oposição, as CPIs e o resto.

Gregos e troianos

Não me darei ao respeito de ver *Tróia*, a mais recente, mas não a última, superprodução do cinema, sobretudo numa data como a de hoje, que a tradição mais recente dedica aos namorados. O rapto de Helena, que provocaria a guerra entre gregos e troianos, nunca me sensibilizou.

Havia um Heitor na história, um cavalo de pau e um calcanhar atribuído a Aquiles. Nada emocionante, haveria mulheres mais belas do que Helena, Heitor teve o cadáver arrastado diante dos muros da cidade e o cavalo virou metáfora quando se pensa em presente de grego.

Dos meus tempos de seminário, sempre desdenhei a *Ilíada*, preferindo a *Odisseia*, maior empatia com Ulisses do que com Aquiles e com o meu xará troiano. E, entre Helena e Penélope, se tivesse de escolher, ficaria com esta última, que não seria a mais bela, mas era fiel e, sobretudo, sabia esperar.

O amor, no fundo, é uma espera, longa às vezes, longuíssima quase sempre. Nada mais antiamor do que a pressa, a afobação. Antes dos gregos, os judeus tiveram Jacó, que não era rei de Troia nem viajante, mas simples pastor que serviu sete anos a Labão, pai de Raquel, serrana e bela, mas não servia ao pai, servia a ela, pois a ela só por prêmio pretendia. Como sabemos, Labão usou de cautela e, em lugar de Raquel, deu-lhe Lia. Nem por isso Jacó tirou o time de campo, começou a servir outros sete anos e mais serviria se não fosse para tão longo amor tão curta a vida.

Voltando a Homero, num cruzeiro pelo Mediterrâneo, passei por lugares que marcaram a aventura de Ulisses. Avistei Ítaca, um pouco maior do que a nossa Paquetá, e não me emocionei. Mas, lá para cima, nas águas que estouraram do seio daquelas rochas que cercam Positano, nem precisei me amarrar como o herói da *Odisseia* no mastro do Costa Romantica para não me precipitar no abismo onde as sereias me chamavam com seus pérfidos cantos. O amor sabe a hora.

A página perdida

Cenário: o mais imponente dos anfiteatros da Sorbonne. Personagem principal: um professor emérito de semiótica, vastos cabelos brancos, óculos de fundo de garrafa, um cachecol vermelho protegendo a garganta de onde saía uma voz austera e sapiente.

Lia um extenso calhamaço, calculei umas vinte, 25 laudas em espaço dois, produto de alguma Olivetti dos tempos de D'Annunzio, se é que nos tempos de D'Annunzio havia Olivettis.

Apesar do tom solene e definitivo, o auditório parecia desinteressado — e desinteressado ficou até a maldita, a fatídica página 12. O professor remexeu o calhamaço diversas vezes, procurando a página fatal, justo no trecho em que fazia uma citação de Walter Benjamim, e não a encontrava.

Revirou diversas vezes os papéis, mudou de óculos para melhor pesquisar a ordem das páginas, tossiu, bebeu um gole de água, trocou novamente de óculos e bebeu mais um gole de água.

O auditório mudo, respeitando a aflição do orador, torcendo para que ele achasse o raio daquela página. O moderador tentou ajudá-lo, sugeriu que a papelada fosse organizada numericamente, a plateia esperaria, na esperança de beber a verdade interrompida.

Finalmente, trocados os óculos diversas vezes e bebidos outros tantos goles de água Evian, o orador deu-se por vencido e declarou a página perdida. Retomaria a leitura do texto na página seguinte, embora custasse a ele e ao auditório um esforço suplementar de concentração para que não se perdesse o fio da meada.

Hora e meia depois, deu por finda sua participação no colóquio e o moderador franqueou a palavra aos assistentes. Que fizessem perguntas, pedissem esclarecimentos.

Uma senhora magra, parecida com a Katherine Hepburn, perguntou qual a conclusão a que o professor pretendia ter levado o auditório.

A confissão foi sincera: a resposta a todas as questões estava na página perdida.

Fabricação caseira

Não fui menino cabeçudo como um anão de Velásquez. Essa glória, como a de dormir a sesta num caixão de defunto, ficou para o Nelson Rodrigues. Mas fui menino malfeito e atrapalhado, com séria dificuldade na fala e no relacionamento geral com a sociedade. Tinha um ar velhaco daqueles monstros de Goya que vi na Quinta del Sordo. Goya era surdo, eu ouvia bem e falava mal — o que foi minha inicial perdição. A vida se encarregou de providenciar outras.

Durante muito tempo me preocupei com o mal acabamento que a natureza me dera. Sou de fabricação caseira — como essas bombas que os torcedores contrariados estão jogando em cima dos torcedores do time adversário. Certo, essas bombas fazem estrago e acredito que também fiz estragos em mim mesmo.

Hoje, as crianças nascem em maternidades, são acompanhadas desde a fecundação por especialistas e equipamentos de última geração — daí a geração saudável que está nascendo. Outro dia, respondendo a uma enquete, me perguntaram se eu era mouro. Não, não sou mouro. Em Jerusalém passei por judeu.

Num cabaré do Quarteirão dos Prazeres, em Hamburgo, uma paranormal adivinhou quanto dinheiro eu tinha no bolso mas declarou que eu era francês, foi além, disse que eu era do sul da França. Nunca botei os pés nas Ilhas Papuas — da porção da humanidade que conheço, somente o Luiz Edgar de Andrade pisou o nobre chão daquelas ilhas. Mas o Luiz Edgar é cearense e, como Deus, está em toda parte. Contudo, gostaria de saber a opinião dos polinésios sobre a minha arte final.

Com o tempo, assumi o mal acabamento e fui vivendo. Quebrar a cara, para mim, nunca foi metáfora ou figura de retórica. E eis que a TV Educativa, aqui do Rio, me convida para apresentar 12 programas do Festival Chaplin. Tenho um ensaio publicado sobre ele, na Biblioteca Básica do Cinema, dirigida pelo finado Alex Vianny. Pensei que minha participação se limitaria ao texto a ser lido por profissional.

Não, querem também esta bomba de fabricação caseira no vídeo — uma *gag* póstuma que a humanidade ficara devendo a Carlitos. Em tempo: Jean Cocteau disse que a Torre de Babel, se lá estivesse Carlitos, teria sido concluída. Deixo aqui a informação: se alguém estiver interessado em construir uma nova Torre de Babel, é só me chamar. Não cobro caro e dou garantia de bom acabamento.

O que vale a pena

Nada do que valha a pena aprender pode ser ensinado. A frase deveria vir com as aspas, não é minha, é de Oscar Wilde, que, entre mortos e feridos, ficou mesmo como um dos maiores frasistas de todos os tempos.

Aprendi pouco na vida, embora muito me tenham ensinado, desde as boas maneiras na mesa, a dar laço na gravata, a fazer barba, quando um burro falar, o outro burro, que sou eu, ficar calado. Aprendi até mesmo as regências irregulares dos verbos latinos. De quebra, chegaram a me ensinar a tocar "Oh Suzana, não chores por mim..." numa gaitinha de boca. Foi, aliás, uma das pouquíssimas coisas que teria alguma valia, naquela época eu tinha um problema na vista e medo de ficar cego.

Sabendo tocar a gaitinha, embora com modesto repertório e má execução, poderia abrigar-me na escadaria de uma igreja, ou sob uma marquise qualquer, sempre pingariam tostões para matar minha fome.

Agora, quis realmente aprender outras coisas que nunca me foram ensinadas. Por exemplo: como fazer para responder ao cumprimento de um sujeito que me abraça, que fica roçando em mim, lembrando coisas que não lembro, nem mesmo lembrando seu nome, ofício e condição?

Outro dia, esbarrei com um desses, muito jovial, jucundo, deu-me palmadinhas nas costas, elogiou minha forma física, mal sabendo que estou em crise quase terminal, na alma e no corpo. Falou num tal de Paranhos que havia sido nosso amigo não sei onde, Paranhos morrera, pneumonia dupla, pensava sempre em mim, falava sempre em nós. Bons tempos, mas assim era a vida, que só nos ensina aquilo que a gente não tem interesse em saber.

Levei um susto. De certa forma, em outras palavras, a ordem das parcelas não alterando o resultado, o cara repetira a mesma frase de Oscar Wilde. Devia ser um gênio que eu ignorara e, pior, pior mesmo, esquecera.

As time goes by

Quando foi anunciado o Prêmio Nobel concedido a Isaac Singer, a mídia correu para entrevistar o escritor, que, apesar de ser famoso no mundo todo, e pelo fato de só escrever em iídiche, não era tão popular assim, nem conhecido e consumido pelo grande público. É bem verdade que ele não dava nenhuma bola para isso, não fazia questão de ser famoso nem conhecido. Por isso sempre se recusou a escrever em inglês.

Somando todas as perguntas que lhe fizeram, os profissionais da mídia chegaram a duas questões básicas: "O senhor está surpreendido com o prêmio? O senhor está feliz?"

Anos mais tarde, lembrando o assédio, Singer disse que gostaria de se estender sobre o que ele considerava surpresa e felicidade. Mas notou que não havia clima. E, além disso, estava muito cansado. Respondeu que sim, estava surpreso e feliz.

Quinze minutos depois, quando todos tinham ido embora, surgiu um repórter retardatário, correspondente de um jornal europeu. Pediu para ser recebido. Singer atendeu-o, colocando-se à disposição do jornalista, que, por sinal, também falava iídiche. E as duas perguntas fatais foram feitas: o senhor está surpreso? Está feliz?

Como bom judeu, o escritor respondeu com outra pergunta: "Por quanto tempo pode um homem ficar surpreso? Por quanto tempo pode um homem ficar feliz?"

Lembro também aquela historinha contada por um autor francês cujo nome não lembro agora. Duas velhinhas faziam tricô na sala quando uma delas pergunta: "Que horas são?" A outra consultou o relógio e respondeu: "São quatro horas." E, sendo quatro horas, decidiram descansar um pouco. Deixaram de lado o tricô e foram à janela, ver como ia o mundo e o dia. Depois voltaram ao tricô e a mesma velhinha perguntou: "Que horas são?" A outra respondeu: "Quatro e quinze." A primeira velhinha suspirou fundo: "Como o tempo passa!"

O rei dos reis

Parece filme de Hollywood, nome de gorila no zoológico, quadro sacro da escola cusquenha. Nada disso: é o nome do balão enorme que todos os anos é solto aqui no Rio. A polícia, o Corpo de Bombeiros, os jornais, a opinião pública, as associações de bairro e eu próprio somos contra. Radicalmente contra. As autoridades garantem que este ano não haverá o "rei dos reis" nos céus cariocas, "doa a quem doer" — diz a nota oficial. Como sempre, atrás daquele doa a quem doer (ou *duela a quien duela* na versão mais atualizada) suspeita-se de abominável tramoia, gente do Cartel de Medelín, da Máfia, da Camorra, do jogo do bicho ou da Rede Globo.

Ledo e ivo engano: são baloeiros anônimos e obstinados, fazem o balão durante o ano e o soltam no mês de junho. Depois das catedrais góticas, é a única obra de arte coletiva que deu certo. Equipes em terra acompanham a rota do gigante pelos céus da cidade, para evitar incêndios ou danos na rede elétrica. É estudada a direção dos ventos, avaliada a posição e o rumo das nuvens. O balão segue trajetória segura, atravessa em diagonal a cidade, vem da Zona Oeste, atinge seu momento de glória em cima da Tijuca, descamba no litoral e cai mansamente no mar, fatigado de céu, além das pedras de Itaipu, a caminho de Cabo Frio.

Todos os anos eu espero pelo "rei dos reis". É um monstro com a sua altura equivalente a um prédio de dez andares, sua formidável bucha que pesa 54 quilos, suas 1.500 lanterninhas que rodeiam seu bojo fantástico, coroa de luz digna de um rei — rei de todos os outros reis. Ignoro o dia mas conheço o horário e roteiro. Vou para a varanda esperá-lo. Sei que ele vem de lá, do outro lado da Gávea, imenso, com seu ventre inchado de fogo. Passará muito alto sobre a Lagoa mas dará para que eu o admire em sua trajetória luminosa. É magnífico como um reitor de universidade em dia de formatura de turma.

Ele subirá aos céus. Em vão se debaterão contra ele as portas do inferno e as penas da lei. Majestoso, solene como uma catedral iluminada, rolando pela enseada escura da noite, ele virá. No silêncio mais fundo da madrugada ele passará em glória sobre o mundo. Eu o espero. E vos dou a notícia: ele virá, rei dos reis, de todos os outros reis, soberano do céu, deixando para nós seu efêmero rastro de luz e liberdade.

A SELEÇÃO DE BELÉM

Definida como a pátria de chuteiras, a seleção nacional começa os treinos para disputar as eliminatórias da próxima Copa. Não faz muito tempo, todo mundo dava palpite. Hoje, nem tanto. Admite-se que, com duas ou três exceções, os nomes escolhidos teriam aprovação geral.

Sempre que o assunto entra em discussão, lembro um amigo baiano, Augusto Freire Belém, do velho Partidão, que em certas ocasiões chegou a funcionar como advogado de Luiz Carlos Prestes. Era brilhante em direito e confuso em futebol. Não houve seleção que agradasse a seu senso de justiça e a sua perícia em armar um time. Quando o Brasil se preparava para disputar a Copa do México, em 1970, ele vivia fazendo comícios nas esquinas e botecos do centro da cidade. Era contra tudo. Berrava para quem o quisesse ouvir — e mesmo para quem o evitava — o seu time ideal. Esqueci a maioria dos nomes que ele citava, mas guardei aquilo que antigamente se chamava de "trio final", ou seja, goleiro e zaga de beques: Manteiga, Dedão e Sacadura.

Não eram conhecidos, mas Belém os admirava das peladas da Bahia. Na opinião dele, eram intransponíveis. Eu fazia objeções a um goleiro com o nome (ou apelido) de Manteiga. Não inspirava confiança. Mas Belém o considerava acima de qualquer suspeita. E contava um fato surpreendente: Manteiga treinava com uma bola de tênis.

Não achava graça em defender pênalti com as bolas regulamentares. Ver para crer.

Eu confiava no Dedão — belo nome para um beque parador, desses que entram rijo. Sacadura podia ser mais ou menos, o nome tem alguma coisa de sacana, seria capaz de macetes. Naquele tempo, os beques ainda tinham a mania de, ao enfrentar o inimigo, tirar-lhe a moral metendo o dedo em lugares pudendos do adversário. O juiz nem via. E, se via, fazia de conta que não estava vendo.

Inacreditável, mesmo, era a linha média do time de Belém. Ele jurava que vira os três jogando no interior baiano, eram mestres na armação, na defesa e no ataque. Eu o levava a sério e achava que na Bahia tudo pode acontecer depois do meio-dia. A linha média era: Santa Maria, Pinta e Nina.

Escombros de junho

Deve ser besteira, mas todo mundo gosta mais de certos meses do que de outros. Teoricamente, todos são iguais: neles se nasce, se vive e se morre. Hoje, os meses me são indiferentes, mas houve tempo em que gostava de uns e detestava outros. Junho era — de longe — o preferido, o mais amado, o mais esperado.

E não exatamente por qualquer lance de minha biografia, que mesmo agora não vale nada. É que em junho havia balões e eu amava balões acima de Deus e acima de mim mesmo.

Menino da cidade, não era de curtir festas caipiras, fogueiras, quadrilhas, essas coisas. Gostava mesmo é dos balões, que a prudência e o Corpo de Bombeiros consideram nefastos. Antigamente já eram, mas assim mesmo o céu, como naquela canção junina, ficava pintadinho de balões.

Meu pai os fazia, e bem. Era da confraria dos baloeiros, uma sociedade mais ou menos secreta que transmitia entre os sócios os segredos e os avanços na tecnologia de um balcão. Eram enormes os balões de meu pai, enfeitados, bordados à mão, um deles — segundo lendas autorizadas — ficou nos céus de Vila Isabel durante três noites e dois dias. Mais tarde, com a natural decadência dos anos, ele caiu de produção e eu o substituí, mal e porcamente, como um perna de pau substitui um craque.

Deu para o gasto. Enfeiticei a infância de minhas filhas com meus balões. Depois que elas cresceram e viram a boa bisca que era o pai, mesmo assim abriram um território mágico a meu favor. Eram bons, também, os meus balões. Um deles fez a façanha de cair no meu próprio quintal, no silêncio da madrugada, apagado e humilde depois de horas de glória no céu e na noite.

Dizem que é fato raríssimo na história dos balões: nem os foguetes da Nasa, controlados por computadores e gênios, conseguem tal proeza. Hoje, na lucidez do adulto corrompido, não faço nem solto balões. Admito que é um crime soltá-los. Condeno quem os solta.

No mais fundo das noites de junho, quando acordo e vou à varanda olhar o céu vazio, imóvel e escuro sobre o mundo, sinto falta dos balões que nunca me libertaram de seu legado de silêncio, mansidão e fragilidade.

Esquema de salvação nacional

Desesperado com a situação nacional, um leitor me escreve carta apelando para o cronista no sentido de ser encontrada uma solução para a entalada pátria. Como Moisés, Maomé e

Zaratustra, que se recolheram à montanha para melhor meditarem, subia as Paineiras, aqui em frente de casa, levei a côdea de pão e um coco — os grandes mergulhos na alma exigem frugalidade e sacrifício. Desci à tarde com a alma leve, a meditação fora profícua. Bolei um esquema de salvação nacional.

Eis: Precisamos estruturar as forças vivas da nacionalidade (empresários, bispos, comunicadores, militares, duplas caipiras etc.), e para isso há que criar uma infraestrutura que dê suporte a essas forças.

Necessitamos dos seguintes órgãos básicos: 1) uma cúpula, 2) teóricos, 3) analistas, 4) conspiradores, 5) supositórios.

A cúpula, como o nome indica, terá a função de cupular e, eventualmente, de copular — que ninguém é de ferro. À cúpula será destinada a missão de tomar e aprovar medidas de última instância e primeira necessidade. Os teóricos — como também o nome indica — farão teorias, os analistas analisarão as teorias criadas pelos teóricos e, em casos emergenciais, farão também teorias. Os conspiradores conspirarão contra a cúpula, os teóricos e analistas. Os supositórios farão suposições.

O esquema surpreendeu o próprio autor. Trata-se de um chassi indestrutível, de muitas serventias. Pode ser usado em circunstâncias várias, no limitado universo de um grupo de rock em reavaliação de som ou na junta de governadores da IBM ou da Sony. Evidente que sua melhor aplicação ficará no âmbito de um partido político e nos diversos escalões de um governo.

Tenho em minha biblioteca algumas obras sobre ciência política. Acredito que o meu esquema seja um modesto resumo de tudo que ali existe, desde Maquiavel a Bobbio e Aristóteles.

Espero que o leitor de Campinas fique satisfeito com este esforço do cronista. Com o apoio do FMI, do Bird e do Banco Mundial, o plano pode mesmo dar certo.

O velhinho do Iseb

Final dos anos 1950. O Brasil vivia sem saber uma espécie de idade de ouro, tudo dava certo e os intelectuais se reuniam, no Rio, em torno do Iseb (Instituto Superior de Estudos Brasileiros), uma réplica civil e progressista da Escola Superior de Guerra. A palavra de ordem era desenvolvimento. As reformas de base tinham a mesma força da ecologia de hoje. Quem não tinha nada a reformar, reformava um papagaio com o Zé Luis do Banco Nacional, que os juros eram baixos, e o cinema, o teatro, o futebol, a música popular e o Chacrinha Barbosa viviam o seu *momentum*.

Mesmo assim, os intelectuais do Iseb achavam que era preciso mais. Os seminários, colóquios, simpósios, congressos e grupos de trabalho provavam, por a mais b, que, ao lado do despontar das nações afro-asiáticas, o eixo da civilização e do progresso deslocara-se para a rua das Palmeiras, onde se situava o instituto, Sartre esteve lá, varou a madrugada provando que estávamos mais perto da verdade. A euforia tornara-se geral, mas era necessário "conscientizar" o povo para melhor gozar a euforia geral.

Uma noite, a turma discutiu uma pauta complicadíssima em que entravam a revolução cubana, a cartilha de Mao Tsé-tung, o Sputnik, o Teatro de Arena, o *nouveau roman* de Robbe Grillet, os filmes de Antonioni e Goddard, as teorias de Adorno e o preço do leite afetado pela febre aftosa no gado de Minas. Era dose. Ao final da reunião, exaustos, os gênios da mesa abriram a palavra ao auditório — praxe salutar e democrática que dominava no Iseb. Foi então que um velhinho, assíduo e silencioso frequentador dos seminários, colóquios e simpósios, levantou o dedo e, com voz trêmula, declarou para a plateia estarrecida: "Tá tudo muito confuso! Temo que não dê certo!"

Foi um pasmo. Quem era aquele cara? O que fazia ali? O que pretendia? Um agente da reação infiltrado entre os construtores do futuro? Soube-se depois que o velhinho morava em Niterói — o que era pouco para explicar tudo. Vejo ainda aquele velhinho, o dedo espetando o ar, a voz tremida e profética. O Iseb foi todo parar na cadeia nos anos seguintes. Nada deu certo, realmente. De minha parte, temo que este velho continue por aí, achando que tudo tá muito confuso.

Maldição de primavera

A vida é bela, os pássaros cantam, as flores exalam. Primavera, primavera, rainha das estações, lindas flores dás à terra e alegria aos corações! Uma ova! Embirro com a primavera, devo-lhe meus piores e mais aborrecidos resfriados.

Já me explicaram que a natureza renasce na estação, o ar fica cheio de partículas que fecundam as flores, mas, no meu caso pessoal, o que resulta da primavera e desse renascimento vital é o resfriado que me derruba, toneladas de lenços de papel para a coriza, aspirinas e justificada cólera contra a vida, a primavera, as flores, os pássaros, tudo que vive e revive — enfim, embruteço-me com a primavera tropical.

Bem verdade que, geralmente, viajo nesta época do ano, justo para evitar essa alegria-alegria que a natureza esparrama pelo mundo e entope meu nariz. Este ano não pude viajar e peguei o resfriado habitual. O tempo está brutíssimo, chuva rala e suja, um ventinho calhorda. Olho o Cristo no alto da Lagoa e não há nada lá em cima: nuvens cor da noite escondem o carioca mais obstinado da cidade. Sem Cristo para olhar para isso, o que será de nós?

Não devia reclamar tanto. Afinal, tais e tamanhas calamidades ocorrem apenas na mudança da estação: logo chegarão os dias macios que antecedem o verão — e aí tudo bem, é bom suar, como dizem os franceses. Devo ter alguma anormalidade mental e física para me sentir bem no verão e péssimo na primavera. Mas nem tanto: minha estação preferida sempre foi o outono.

Nasci predestinado aos escombros, aos ocasos, e gosto de ver a cor do mar num dia cinzento, as amendoeiras com suas folhas douradas, "*les sanglots longs des violons*" — um poema de Verlaine, talvez aquela canção que fala de folhas mortas —, me sinto bem no clima de festa que acabou. Quanto à primavera, deixo-a de bom grado a vossos pés, senhora, que dela se farte e se torne fecunda, abelha voraz, ventre cheio de mel.

Ele está entre nós

Recebi, por via postal, duas mensagens do próprio Cristo. Trata-se do sr. Antuérpio Gonçalves Mendes: nada de estranhar que tivesse de arranjar outro nome. Antuérpio ouviu vozes convocando-o a assumir sua identidade de Filho do Deus Vivo, Único e Verdadeiro.

Abandonou família, que o considerava reles maconheiro, largou as vestes profanas de bancário e passou a se dedicar à nobre função de Filho do Deus Vivo. Fisicamente, até que se parece bastante com o outro: usa roupas e barbas nazarenas, e, em certos ângulos, é o próprio Cristo de Corregio e de outros mestres da Renascença.

Não tem sido mole nem venturosa a carreira do Filho de Deus Vivo. No Pará, dez anos atrás, interrompeu missa, subiu ao altar, bateu nos fiéis, expulsou padre e sacristão, foi parar na polícia. O comissário interrogou-o: "Seu nome?" "Inri Cristo", "Sua filiação?" "Sou filho unigênito do Deus Vivo, Único e Verdadeiro." "Sua profissão?" "Deus e Salvador do Mundo." "Seu endereço? " "Mão Direita de Deus Padre Todo-Poderoso!"

Bem, o comissário ficou desconfiado, achou prudente passar o abacaxi para o delegado, que também prudentemente fez a reflexão: "Dois mil anos atrás prenderam um Cristo e deu um bode terrível! Não vou entrar numa fria."

Tal como o outro que andou de Herodes a Pilatos, de Anás a Caifás, Inri Cristo andou do delegado ao secretário de Segurança, do governador ao bispo diocesano, que afinal sugeriu a internação no manicômio judiciário. Cumpria-se a profecia de Giovanni Papini: "Se Cristo voltar à Terra, os homens não o matarão, mas o internarão num hospício."

Recebi, também, ainda por via postal (que é a preferida do novo Cristo), um manifesto sobre a chacina da Candelária. Ele joga a culpa no cardeal Eugenio Salles, no sr. Roberto Marinho, no Vaticano e na Irmã Dulce. Lerei com vagar as ameaças que faz: a de vir julgar os vivos e os mortos. O telefone dele é (041) 378-1236. Podemos chegar a Cristo via Embratel.

Pranto para Lima Barreto

Volta e meia, leio nos suplementos literários e nas colunas especializadas que "Lima Barreto está sendo redescoberto", ou para usar a gíria da moda, "resgatado". Ledo e ivo engano. Acompanho esse tipo de redescoberta ou resgate há vários anos. Em 1956, com a publicação de suas obras completas, excelente trabalho de Francisco de Assis Barbosa e Antônio Houaiss, acreditei que meu escritor nacional preferido saísse da vala e viesse ficar na mesma prateleira de Machado. Desanimei quando, não faz muito tempo, reli sua obra cheia de altos e baixos, de imperfeições e desleixos, retratando uma vivência crua, uma visão do mundo amarga e incômoda.

E aí está dito tudo. Lima Barreto é incômodo — daí minha simpatia por ele, minha admiração e, até mesmo, veneração. Não é olímpico ao estilo machadiano, que disfarça o lado incômodo com a glamorização dos ingleses. Evidente que o mergulho machadiano na alma do homem é dos mais profundos, não faz feio se comparado a qualquer outro escritor do mesmo fosso.

Lima Barreto não chegou a esses mergulhos. É caótico, temperamental, louco e heroico. Machado soube disciplinar-se. Já foi dito que a melhor obra de Machado é ele próprio. Lima Barreto sentia a literatura como a própria carne. Machado, como um fraque que devia ser elegante, moderno — escondesse embora a putrefação da carne.

Desprezando-se suas obras menores, que são piores do que o pior Lima Barreto, o que sobra de Machado é um único personagem, uma mundo único, uma reflexão única: a miséria humana, cujo legado ele não deixou para os descendentes que não teve.

Lima não literalizou a miséria humana: viveu-a intensamente, dia a dia, repúdio a repúdio. Mas, quando levantava a cabeça da loucura ou da miséria, tal como Dante cada vez que saía das etapas de sua viagem, ele via as estrelas. Mais do que as estrelas: via a humanidade que poderia ter sido e nunca será porque homens como Machado não a querem. Lima Barreto enlouqueceu: é demasiadamente incômodo.

Vendi a alma

O nosso vizinho ganhou na loteria e, naquele dia, antes do jantar, meu pai declarou com autoridade: "O Almeida vendeu a alma ao demônio!" Saí da mesa cambaleando, trôpego, deslumbrado: então era verdade que o demônio comprava almas! Eu não pretendia ganhar na loteria, dinheiro não era importante para mim. Mas precisava de um aliado todo-poderoso para evitar os remédios que o dr. Moreira me receitava. Precisava dele, sobretudo, para me fartar de tortas de banana que uma tia fazia nos dias de festa.

Até então, meu único bem individual era uma coleção de figurinhas: quando e se completasse o álbum poderia ganhar um par de patins ou uma bola de futebol "Sparta" n.º 5 — sonho de todos os meninos da rua. Mas o demônio não precisava dessas figurinhas — ele já devia possuir um estoque das mais difíceis, daquelas que sempre faltavam em todos os álbuns da vizinhança.

Mas a alma! E eu tinha uma, não corrompida ainda, alma zero-quilômetro, ou melhor, pouco usada, no prazo de garantia de fábrica. E bastaria invocar o demônio e ele surgiria, com a torta quentinha, untada de manteiga. Bem verdade que, no mesmo lance em que decidi vender a alma, deixei explícita a dispensa de sua presença física, nada de chifres, de pés fendidos de bode, de cheiro de enxofre. Ele não precisaria se incomodar. Tinha estúpida confiança nele e minha alma devia valer mais do que a do seu Almeida, cuja filha topava certas brincadeiras no porão.

Se eu confiava no demônio, o demônio não confiava em mim. Ou devia achar que minha alma não valia o preço. Talvez desconfiasse de minhas intenções. Na hora do pagamento eu poderia fazer penitência, cobrir-me de cinzas e preces, entrar para um convento — como de fato entrei, pouco tempo depois. Enfim, não era confiável.

Mesmo assim não desanimei. Em todos os apertos da vida, sempre penso na hipótese de vender-lhe a alma — e honra lhe seja feita: ele nunca se precipitou, nunca me encurralou. No fundo, deve saber que não precisa me dar nada em troca de uma alma que já lhe pertence.

Milagre para o homem covarde

Foi no tempo do seminário. Eu vinha de casa e penetrei no pátio colonial onde padre Cipriano havia erguido uma enorme árvore de Natal: ela cheirava à mata de onde fora arrancada e estava pesada de presentes, modestos presentes na base de gaitinhas, raquetes de pingue-pongue, coisas assim.

Eu não esperava encontrar aquela árvore ali e fiquei deslumbrado. Da ramagem colorida vinha música, muito suave. E uma forma esbranquiçada passou pelos ramos e eu tive a sensação de um milagre. Sim, eu era criança, esforçava-me para ser bom e puro, por que não mereceria um milagre de Natal? Súbito, a melodia parou: era uma caixinha de música que tocava lentamente a cantata mais popular de Bach: percebi quando a caixinha estancou, metalicamente, deixando tudo em silêncio. E o vulto branco que roçara suas ramagens eram simples tiras de papel celofane com que padre Cipriano enfeitara seus ramos mais altos.

Fui para o refeitório de cabeça baixa, encantado pela dúvida de ter sido escolhido para presenciar um milagre, revelação vinda dos anjos numa tarde de Natal, pastor retardatário dos campos de Belém deslocado no Seminário do Rio Comprido. Mais tarde, na fase adulta e corrompida, nunca deixei de erguer uma árvore de Natal.

Digo que é para as meninas, mas é mau-caratismo de minha parte. É para mim mesmo. Quando todos vão dormir, fico à espreita, olhando a árvore, à espera que a asa de um anjo roce sobre ela e traga de novo aquela melodia que não vem deste mundo.

Ontem, estava mais cansado do que habitualmente e cochilei no sofá, em frente à árvore. Acordei de repente, com a sensação de que alguma coisa se mexera entre os ramos coloridos. Não, não era asa de um anjo: era minha filha que atarraxava uma lâmpada que se apagara. Fingi que voltei a cochilar.

E agora, olhando a vida em conjunto, e sem mágoas, misturando tudo e todos os motivos, percebo que a culpa sempre foi minha. Culpa de não ter sabido esperar mais um pouco. Culpa de não ter tido coragem para olhar mais fundo, e inapelavelmente.

Vésperas de Natal

Quando Noé, único justo sobre a face da Terra, obedecendo ao Senhor, encheu sua arca com animais, macho e fêmea da mesma espécie, na certa ali colocou um casal de perus para garantir, séculos mais tarde, a ceia de Natal dos cristãos mais abonados.

Até hoje não me explicaram suficientemente por que o peru foi escolhido como prato de resistência de noite tão sagrada. Não gosto de seu "design" enquanto vivo, nem lhe aprecio a carne, depois de adredemente preparado. Deus é testemunha de meus sentimentos solidários com comunidade dos povos pan-americanos, mas se eu tivesse nascido no Peru as coisas teriam sido bem mais difíceis para o meu lado.

Não apreciando o peru, sempre me deslumbrou o engenho humano. No *Memorial de Santa Helena*, Las Cases descreve o pasmo de Napoleão quando o navio que o conduzia ao exílio chegou àquela ilha perdida no infinito do mar que ele tanto detestava e que, de alguma forma, o derrotou.

Gênio das planícies de Marengo, ele não compreendia como podiam dirigir uma casca de noz até um ponto determinado em mapas que ele não compreendia. Não sendo gênio como Napoleão, e entendendo de cartas náuticas menos do que ele, tenho também motivos para pasmos diferenciados, que vão desde o final da Nona às linhas de Correggio, passando por pasmos menores que incluem sungas de Ipanema. Mas nada que se compare ao assombro do peru que ganhei para a ceia deste Natal. Um amigo mal informado mandou-me um exemplar, desses que têm termômetro embutido no peito. Já combinei com a cozinheira: quero assistir à cerimônia de ver o negócio funcionar. Inventaram a roda, a pólvora, a bússola, o telefone celular — mixarias diante do termômetro encravado naquele peito farto e sacrificado.

Evidente que, depois de pronto, dourado e suculento como aparece nas fotos da publicidade, ele irá alegrar a ceia do porteiro do prédio. Mastigarei minhas passas, comerei minhas castanhas, beberei um vinho e irei para a varanda, olhar o Natal sobre o mundo. De repente, haverá um grande silêncio e nele encontrarei o menino que fui, pasto de todos os espantos — e do qual tanto me afastei.

A vaca e o sonho

Podem não acreditar: nunca fui dado a alucinações, nunca vi fantasmas, nunca ouvi vozes, nunca vi disco voador. Ultimamente, estou começando a duvidar de uma das minhas certezas pessoais: acho que estou entrando no perigoso terreno das visões.

Não se trata de Santa Terezinha do Menino Jesus, que foi vista por um primo meu, nuns bambuais que havia no fundo do nosso quintal. Nem se trata de um dos sinais que o Paulo Coelho nos ensina a ver e a decifrar.

Trata-se de uma vaca, ou de um boi. Está sempre lá. No final da noite, costumo pegar o controle remoto para ver se descolo algum filme que me interesse ou que me descanse do computador ou dos livros. Mudo de canal vertiginosamente, tentando descobrir alguma coisa que valha a pena — o que é sempre difícil.

E eis que, a cada rodada de todos os canais, num deles, não sei qual, há uma vaca parada ou andando de um lado para outro. A noite passa, passa o dia, passam a semana, o mês e o ano e a vaca não sai dali. Parece a mesma, volta e meia exibe para nós a sua garupa, que não é palustre e bela como a daquela vaca que o poeta Jorge de Lima colocou em "Invenção de Orfeu".

Por falar em Orfeu, lembrei-me de Morfeu, noite dessas, em que estava sem sono e queria dormir. Tive preguiça de ir procurar um comprimido qualquer que me jogasse nos braços do deus do sonho. Fiz melhor: parei na tal vaca, tirei o som e fiquei olhando. Espantosamente, ela, às vezes, parecia olhar para mim. Um olhar doce, cúmplice, fraterno.

Dormi logo. Sonhei com catedrais, mulheres e palmeiras. Acordei de madrugada. Ela ainda estava lá. Acontece que, antes de mergulhar no sono, tinha a certeza de que havia desligado o aparelho. A vaca não se desligara de mim. Uma alucinação, sem dúvida, anúncio de outras que deverão estar a caminho, como as catedrais, as mulheres e as palmeiras que frequentam meus sonhos.

O milagre das bananas

Jantava-se cedo no seminário, quatro e meia da tarde, o sol batendo obliquamente nas mesas de mármore. Sobremesa do primeiro dia: banana. Lá em casa, minha mãe dizia que banana fazia mal ao jantar, minha mãe estava errada, os padres sabiam tudo e melhor do que ela. Escreveria na primeira carta: "Banana não faz mal ao jantar" — e todos ficariam maravilhados com o meu progresso.

Começaria meu programa de salvação universal pela própria família, redimiria os homens e o mundo pelas bananas. Depois me ensinariam outras coisas igualmente sábias, em latim.

"Como é banana em latim?", perguntei. Ali na mesa ninguém sabia, alguém sugeriu uma "banana, bananae", não senti firmeza na tradução. Mas achei impossível que não houvesse um nome em latim para designar as bananas. Se no dia seguinte eu precisasse escrever ao papa para falar das bananas, como é que faria?

Ao papa só se fala em latim, ele só pensa em latim. Como o papa poderia saber, por exemplo, que eu transformara uma baita banana d'água em ouro? Vamos supor que, amanhã ou depois, meus méritos de santidade me propiciassem um milagre. Seria ótimo para todos — o ouro das bananas poderia financiar as missões da Manchúria, a conversão das Ilhas Papuas.

Como informaria a sua santidade a minha própria santidade? Teriam de se referir às bananas, não poderiam dizer que eu transformara em ouro um castiçal ou um sapato. Seria inverdade ou pecado.

Com tantas dúvidas, achei melhor, mais prudente e sábio não fazer milagres por ora. Esperar um pouco, aguardar melhor ocasião. Preferi comer a minha banana, humildemente, reservando-me para mais tarde. Espero até hoje. Até hoje não fiz nenhum milagre, além do de sobreviver — o que não é pouco.

Pior: traduzi Virgílio, Ovídio, Horácio. No sexto ano, cheguei a cometer uma ode em deploráveis hexâmetros. Louvando o Cristo Redentor e a beleza da Guanabara — que na língua de Cícero é Guanabara mesmo. Mas continuo sem saber como é banana em latim.

Fellini

A agonia de Fellini, num hospital de Roma, teve pelo menos e até agora dois lances que me perturbaram. Eu o conheci pessoalmente, no inverno de 1973, num restaurante romano que estava em moda, o Gigi-Fazi, especializado em carnes. Ele sentou-se à minha mesa, comeu e bebeu fartamente, falamos sobre *Amarcord*, que havia sido lançado pouco antes (dezembro de 1972). Evidente que não esqueci o encontro — inclusive porque fui eu quem paguei a conta.

Era um belo homem, olhos muito vivos e mesmo sentado parecia um gigante. A voz é que destoava: fanhosa, incerta. Mas era fácil esquecer aquela voz insegura: vinha de um poço de certezas sobre a incerteza geral do viver e pensar. Curiosamente, ele me passou a impressão de não se sentir à vontade no cinema. Os tema sobre os quais mais falou foram passado e religião. Tinha também um pudor exagerado de considerar-se artista. Preferia ser um homem de imagens e melancolia. Descobrimos uma tara comum, "C'e una cassetta piccina", canção de Valabrega e Prato dos anos 1940, fazia sucesso na época em que o jovem Federico viera de Rimini para tentar a vida em Roma. No filme que dedicaria à cidade, ele fez questão de colocar a canção na cena do teatro de variedades: é tão felliniana quanto os temas que Nino Rota escreveu para ele.

Mas a sua agonia teve dois momentos que me perturbaram. Os médicos o entubaram no CTI e foi preciso que sua mulher pedisse compaixão aos *paparazzi* para que não o fotografassem naquele estado. Uma imagem amarga para quem deixou tantas e tão amargas imagens de nossa época. Não sei se respeitaram o desejo de Giulietta Masina. O outro lance deve-se também à sua mulher: ela aproveitou a inconsciência do marido e pediu a um cardeal amigo que lhe desse a extrema-unção. Lúcido, talvez Fellini aceitasse o sacramento, talvez não. Num diálogo de *Oito e meio* ele faz, através de um crítico jogado dentro do filme, sua confissão religiosa: "Sua obra começa sempre com o rigor de uma denúncia ao catolicismo e sempre acaba com o favorecimento de um cúmplice."

O camelo e a agulha

Os ricos não entrarão no reino dos céus. Não é ameaça: é uma sentença pronunciada pelo Juiz que julgará todos os juízes, inclusive os do nosso Supremo Tribunal Federal. Sentença contra a qual não caberá apelação.

É mais fácil um camelo passar pelo buraco de uma agulha — e camelo aqui não é exatamente aquele fusca dos desertos, com suas corcovas de sineiro da Notre Dame, mas um tipo de corda tão grossa que não dava para ser usada em enforcamentos de ladrões: daí é que os ladrões daquele tempo não eram enforcados, mas mutilados, apedrejados ou crucificados por ocasião das grandes festas do calendário religioso.

A possibilidade de passar a eternidade no inferno sempre inquietou a humanidade. Crendo ou não crendo, qualquer um de nós leva em conta a terrível possibilidade de ser assado no fogo eterno que castiga a carne, mas não a consome.

Ora, quando o sujeito é pobre e da noite para o dia fica rico — como tem acontecido com os parlamentares da Comissão de Orçamento —, é natural que eles acreditem, com excelentes razões, que não entrarão mesmo no reino dos céus. Daí a necessidade de aproveitarem este reino disponível que habitamos.

Acho até que aproveitam pouco. São obrigados a repartir comissões, a burlar perigosamente o fisco, a corromper empregados para, uma vez por ano, tomarem um navio em Nápoles ou Veneza e irem às Ilhas Gregas como "Onassis" tropicais. Acontece que as Ilhas Gregas nada têm a ver com eles e vice-versa. Acabado o cruzeiro, gastaram dólares e não gostaram.

Além disso, cismam em alugar aviões catimbados, moram em casas complicadas com piscinas complicadíssimas, onde antecipadamente refrescam a carne condenada às chamas infernais. Decididamente, é muito trabalho e pouco proveito para trocar o reino dos céus pela geena eterna onde rangerão os dentes — a maioria rangerá a dentadura. Em verdade, vos digo: é mais fácil ser camelo.

ITINERÁRIO DO FIM

A cara do médico não é boa, mas a cara dos médicos, do outro lado da mesa, é sempre enigmática, faz parte da consulta, da profissão e dos honorários: o jeito é o paciente ficar paciente e aguardar os exames. Mas até os exames há os hieróglifos que ele procura decifrar. Há nomes com raízes gregas e desinências latinas, ele não entende nada, sabe apenas que um pedaço de sua carne será retirado e irá para as provetas, os reagentes, o diabo. Por falar no diabo, passa pela igreja e tem vontade de entrar, acender velas, pedir qualquer coisa. Mas pedir o que, exatamente? Mesmo assim entra na igreja. Está escura, vazia, somente uma velha, lá na frente, deve estar pedindo também alguma coisa. Pelo jeito, ela deve saber o que está pedindo — o que não é o caso dele.

E vem de volta a cara do médico: "Se tudo correr bem, podemos salvar a vista. Sejamos otimistas, o senhor ficará bom!" Ali na igreja a frase é uma espécie de oração às avessas. O que significa "ficar bom"? Significa ser como antes, e ele nunca fora bom. Olhar as coisas, o mar, as crianças, a noite, a velha lá na frente.

Sim, o senhor ficará bom, mas pode haver raízes gregas e declinações latinas e tudo ficará complicado. Não importa, agora. Está numa igreja onde se adora um Deus em que ele não acredita. Mas precisa acreditar, ao menos no laboratório. Novamente na rua, confere o endereço, entra em números errados, toma elevadores equivocados, desce em andares estranhos. Até que vê a porta de vidro com o nome gravado em azul: "análises clínicas." É ali. A enfermeira começa a preparar as pinças, as placas de vidros. Em breve, uma gota de seu sangue será uma pitanga muita vermelha pousada numa delas. A solução — não a salvação de todos os enigmas. Brevemente, o mundo acabará para os seus olhos. E as mulheres, as crianças, o mar, os livros que gostaria de ler — tudo será a mancha tão escura e estranha como a velha que rezava na igreja. Pela janela, vê o ônibus fazendo a curva na praça. Tem um pensamento idiota: será essa a última imagem que ficará em seus olhos? De que adiantou ter visto a fachada de Santa Maria dei Fiori, as mulheres que amou? De que adiantou...?

Noturno da Lagoa

Não chega a ser insônia. É um tempo interior ao qual fui me ligando por aí e que me traz de volta à consciência.

Independe do cansaço físico e da preocupação moral: simplesmente acordo numa boa, sabendo que nada tenho a fazer e nada me será cobrado. Nem angústia há pelo sono interrompido: em meia hora voltarei a dormir, igualmente numa boa.

Tampouco chega a ser aquela hora do lobo, em que a úlcera da lucidez sangra e despedaça. É apenas um instante bom em que não brigo com a vida e a vida — coisa raríssima — me respeita e afaga.

Não há necessidade de luz. Abro o janelão e contemplo a lagoa adormecida, a antiga Sacopenapã dos tamoios, repousada na encosta do Corcovado. As pistas vazias acentuam o silêncio do seu sono. Durante o dia, a lagoa é a maior rótula viária do mundo, acho que são 84 saídas e outras tantas entradas no enorme carrossel que dá mão e contramão em todas as direções.

Tem pior: as pistas da lagoa são agora de acesso à Barra — é melancólico ver a Sacopenapã esmagada pelo trânsito, coroa de espinhos que tritura sua carne feita de água e lodo —, às vezes mais lodo do que água, dependendo dos ventos e marés, dependendo, sobretudo, da boa vontade dos funcionários da prefeitura que abrem ou fecham suas comportas. Não importa. Lá está ela, lagoa, onde, muitos e muitos anos atrás, vi boiando a primeira garrafa vazia de Coca-Cola, objeto extraterrestre que trazia no seu bojo de vidro um mundo novo — gênio não desejado de uma lâmpada não procurada.

Em compensação, seguindo com os olhos a mancha amarelada na água escura, dou com o Cristo de braços abertos lá em cima, também ele sem sono. Dizem que tenta abraçar a cidade que dorme a seus pés. Sempre discordei dessa interpretação: seus braços abertos são de estupefação: "Como é que pode?" — é isso que ele parece estar dizendo, desde que lá o botaram.

Somos velhos conhecidos, ocasionalmente amigos, cada um a seu modo. Talvez ele tenha querido realmente me abraçar. Talvez fique admirado de me ver ali na varanda, sozinho, àquela hora da madrugada e abra os braços imensos no tamanho de seu espanto, sabendo que eu não tenho nada para abraçar.

O rei e a lei

Retorno ao assunto de ontem: a utilidade de boas Constituições para guiar os povos.

Lembro o exemplo de Gulliver no país dos liliputianos. Depois das primeiras incompatibilidades, Gulliver topou auxiliar o rei daquele país de pigmeus. Por sinal, um rei que estava sempre em guerra contra outro rei. Gulliver arrastava a minúscula esquadra do soberano e ficava assistindo às batalhas, que eram ferozes guerras de extermínio, com lances de grande crueldade de parte a parte.

Uma noite Gulliver perguntou ao rei a razão de tamanha carnificina. A explicação que recebeu foi esta: "Todos nós, liliputianos, comemos um ovo quente pela manhã. Nós, que somos decentes e honestos, quebramos o ovo pelo lado de cima. Eles, que são maus e hediondos, quebram o ovo pelo lado de baixo. Por causa dessa diferença no quebrar os ovos brigamos há oitocentos anos. Só pararemos de guerrear no dia em que obrigarmos o inimigo a quebrar o ovo pela parte de cima!"

Gulliver meditou na explicação e seguiu um atalho: "Majestade, não haveria uma lei que estabelecesse o lado pelo qual os ovos devem ser quebrados? Bastaria uma lei aceita consensualmente (ele não usou essa palavra que não estava em moda, falou outra provavelmente) para acabar com a carnificina."

Foi a vez do rei se admirar: "Mas como? Evidente que há essa lei! E mais: faz parte de nossa Constituição, é nosso artigo 1.° por sinal. Com todas as letras!"

Mais uma vez Gulliver meditou na explicação do rei. Finalmente perguntou: "E o que diz a lei? Ela não encerra a questão?"

O soberano sorriu e respondeu: "Está lá, transparente (também não usou esta palavra) o preceito maior de nossa Lei Maior que reza: 'Os ovos devem ser quebrados pelo lado certo!' Lutamos há oitocentos anos e lutaremos pelos próximos oitocentos anos se necessário for, até obrigarmos aquele povo hediondo a cumprir a lei. Alguma dúvida?" Gulliver não teve dúvida alguma.

O príncipe e o anão

O príncipe era alto, elegante como uma espada. O anão era enrugado, com cara de velho, voz detestável, uma força descomunal em seu corpo atarracado. O príncipe era justo e amava as artes, em seu castelo reuniam-se os artistas e sábios de seu tempo. O anão vivia nos porões, só era chamado à corte para representar pequenas farsas ao final dos banquetes. Vestiam-no de boneca ou de guerreiro-fantoche — e riam muito dele embora ele não fosse nem fizesse esforço para ser engraçado.

O príncipe quase nunca se dirigia ao anão. O anão era proibido de lhe dirigir qualquer palavra, em qualquer circunstância. Apesar disso, somente o príncipe entendia o anão e somente o anão entendia o príncipe.

Foi o anão que envenenou os inimigos do príncipe. O ato de traição, a monstruosa felonia do príncipe para com seus aliados foram atribuídos ao anão. A princesa tinha um amante na corte, o anão matou-o e, aproveitando o desespero da princesa, açoitou-a durante uma noite, até matá-la. O príncipe não fez nada, mas os cortesãos acharam que era demais e prenderam o anão.

No julgamento, o anão recusou-se a dizer se cumpria ordens de alguém. Foi condenado à prisão perpétua, amarrado por correntes às paredes do calabouço. O castelo virou o anão e o anão virou o castelo, de tal forma os dois se compreendiam e eram necessários um ao outro.

Pensava o anão: "Estou atado a ele e ele a mim. Se eu sou um prisioneiro, ele também é um prisioneiro. Estou ligado a ele como ele está ligado a mim."

A vida continuava na corte, mas todos notavam que o príncipe andava deprimido. Atribuíam sua dor à morte da princesa e à maneira como ganhara a guerra. Os cortesãos promoviam festas e caçadas para distrair o príncipe. Ele se enfastiava.

No fundo do calabouço, atado às paredes por grossas correntes, o anão sabia que viriam buscá-lo, mais dia menos dia viriam buscá-lo "porque nenhum homem pode viver muito tempo sem o seu anão". (Com agradecimentos a Par Lagerkvist, sueco, Nobel de Literatura, autor de *Barrabás*, *A sibila*, *O verdugo* e, naturalmente, *O anão*.)

O pavão e o cágado

Era um país imenso e cheio de futuro, onde o rei e o povo tanto trabalhavam que, quinhentos anos depois de fundado, não tivera tempo de ter uma bandeira e um hino. Que, aliás, não faziam falta, rei e povo passavam muito bem sem bandeira e hino. O único prejuízo era no setor diplomático e no campo esportivo, onde, eventualmente, eram criados pequenos problemas de protocolo e tabela.

Deu-se que o líder de um dos partidos nacionais, o liberal, decidiu que o país deveria ter hino e bandeira "que fossem amados e respeitados por todos os segmentos da sociedade". O líder do partido contrário, o conservador, foi contra. A solução constitucional era o plebiscito, uma emenda à Carta Magna marcou a data e abriu a campanha eleitoral.

Técnicos de comunicação e agências de publicidade foram convocados por um e outro partido. A primeira providência seria uma escolha dos símbolos de uma e outra ideia. Apelaram para dois animais populares no país: o pavão e o cágado. O pavão ficou a favor do hino e da bandeira: era um liberal. O cágado era conservador e contra. Brigou-se muito, contra e a favor. Os liberais queriam um pavão na flâmula oficial. Os conservadores preferiam o cágado, mas em atitude vigilante. Quanto ao hino, uns queriam a música sem a letra e outros preferiam a letra sem a música. Para a realização do plebiscito gastou-se metade do orçamento nacional. A outra metade foi gasta na apuração.

Ao final da consulta às bases, o país viu exaurida sua balança comercial, aumentada a dívida externa e sucateada a dívida interna. Sendo um povo notável pela excelência de seus matemáticos — que já haviam inventado um esporte baseado no sorteio diário de dezenas, centenas e milhares associados a outros bichos —, o resultado do plebiscito não surpreendeu ao rei nem ao povo: metade era a favor do pavão e, por espantosa coincidência, a outra metade era a favor do cágado.

Tudo continuou como antes: secas no Nordeste do país, enchentes no Sul. Desgostoso, o rei abdicou e subiu ao trono seu filho primogênito. Para facilitar as coisas e promover a concórdia da nação, ele tinha as pernas de um cágado e a cauda aberta de um pavão.

Brasil, abril de 1993

Ninguém soube como começou: de repente, só se falava na compra de um elefante. Não fora o primeiro caso: de vez em quando diziam que o delegado iria caçar leões na África e que o sacristão fugiria com a mulher do delegado. Todo mundo esquecia: o delegado passava as noites no clube contando como caçara leões e o sacristão garantia que não havia melhor mulher na paróquia do que a mulher do delegado. Todos acreditavam em tudo, principalmente quando nada acontecia.

A notícia começou de mansinho, como as grandes, inapeláveis notícias: o dono do circo decidiu comprar um elefante. Até então, a maior atração do circo era o fato de ainda haver um circo. Bem verdade que no circo havia um leão e um chinês que fazia mágicas. O chinês era apresentado como "autêntico", pois houvera um que era paraibano. O leão era a atração maior e mais complicada. Os mais antigos diziam que não era leão, mas uma gentil mistura de várias raças de cachorro beneficiada pelo toque mágico de um macaco que pegara uma cadela desprevenida. Contrataram uma comissão de técnicos para dar um parecer e o laudo foi definitivo: tratava-se de um "leão bastardo". Tal como Confúcio, o leão já nascera velho, desdentado e afônico.

Até que surgiu a notícia (confirmada) de que o dono do circo iria comprar um elefante. Era um espécime maravilhoso, capaz de dançar sambas e tangos, só se recusando a dançar lambada. Em seus melhores momentos, imitava a Madonna e o Jô Soares. Mas o tempo passava e o elefante não chegava. Até que todos concordaram que o elefante já fora comprado e fizera muito sucesso. Os mais entendidos juravam que o elefante chegara a lutar judô com o leão — este, sim, desacreditado, continuava resistindo às pesquisas do Ibope e às tentativas de arquivamento. Até que veio um corcunda para vender pipoca no circo. O leão ficou enfurecido, não podia ver o corcunda e vice-versa. O confronto leão-corcunda fez o povo esquecer o elefante, mais aí chegou o menino correndo e gritando: "Compraram um elefante!" A multidão encheu praças e ruas à espera do elefante, mas o que apareceu foi um trio elétrico baiano que se perdera na estrada. Ninguém sabia como era um elefante e todos concordaram que o dono do circo conseguira comprar um. Na confusão, o leão conseguiu comer o corcunda e, esbodegada de emoções, a cidade nem percebeu que o sacristão fugira com a mulher do delegado.

O grande pacto

Aprendi a ler (se é que realmente aprendi) num antigo compêndio escolar chamado "Primeiro livro de leitura" — o que faz supor que havia outros. Não sei se foi no primeiro ou no segundo que tomei conhecimento de uma pequena história que nunca esqueci.

Um homem queria todos os poderes do mundo e decidiu vender a alma ao diabo — única forma que encontrou para realizar seu desejo. Invocou o diabo e prontamente lhe apareceu aquele que o livro chamava de "Príncipe das Trevas".

Pois o Príncipe das Trevas topou o negócio, dava tudo o que o homem desejava e não fazia questão da alma dele. Exigia apenas que o homem matasse o pai. "Não posso!", confessou o homem. "Topo tudo, menos matar o autor dos meus dias" — outra expressão que o livro empregava e que não esqueci. O diabo era excelente negociador (parece que ainda o é) e fez um abatimento: "Então, roube a sua mãe!". Mais uma vez o homem recusou. Faria tudo, menos matar o pai ou roubar a mãe. Que o diabo compreendesse, era demais!

Não é à toa que o diabo pode ser considerado um príncipe das trevas: apresentou a famosa terceira via: "Bem, se é assim, torne-se político!" (Não sei se a citação é literal, foi a que guardei na memória). O homem se tornou político e muito subiu na vida.

Tanto subiu que um dia foi obrigado a matar o pai — por conta própria, a cláusula fora excluída no pacto. Para se defender com os melhores advogados precisou roubar a herança que a mãe receberia. Como se vê, mais um pouco e teríamos comovente letra de tango, daqueles assinados por Gardel e Le Pera.

Foi mais ou menos nisso que pensei no dia em que me convidaram para ser deputado no distante ano de 1965. Não, nenhuma pureza de minha parte, apenas um pouco de cautela: eu já havia vendido minha alma anos antes, até que por um preço mais em conta para o Príncipe das Trevas. Não podia vender-lhe duas vezes a mesma coisa — vigarice que talvez eu topasse se não tivesse receio de perder o crédito e o benefício.

O melhor verso

Faz tempo, fizeram um concurso para se saber qual o verso, isolado, que deveria ser considerado o mais bonito da literatura brasileira. Ganhou, acho que disparado, aquele verso de Castro Alves: "Auriverde pendão da esperança."

Que é bonito, é. E mais bonito fica no contexto, as duas últimas estrofes do mais conhecido poema do autor, "O navio negreiro". Pessoalmente não sou muito vidrado no auriverde pendão, embora trema de emoção com as citadas estrofes. Lembro-me delas recitadas por Paulo Autran, num dos momentos mais emocionantes do *Liberdade, Liberdade*. Além de bonitos, um apelo à justiça, em falta naquele tempo.

Manuel Bandeira remou contra a corrente, escolhendo o verso de um sucesso popular, "Chão de estrelas", de Orestes Barbosa: "Tu pisavas os astros, distraída." Bom mesmo. Mas não seria esse o meu preferido, não existente ainda ao tempo do concurso.

Outro muito citado, mas não escolhido, foi o quarto verso do mais famoso soneto de Raimundo Correia: "Raia sanguínea e fresca a madrugada." Outro dia, aventando a hipótese de F.H.C. entrar para a Academia, garanti que talvez votasse nele, desde que soubesse recitar, de cor e de improviso, "As pombas", soneto que transporta o verso pelo tempo afora.

Gosto desta madrugada sanguínea e fresca. Mas, de olhos fechados, sem dúvidas e sem pejo, iria de Aldir Blanc, num verso mais ou menos recente: "Um torturante *band-aid* no calcanhar." Não é um verso formalmente bonito — nem bonito em si mesmo.

É toda a definição de um clima, da mulher brasileira comum, agarrada a seu homem, dançando dois pra lá, dois pra cá, num baile modesto e cafona, oposto aos bailes suntuosos das valsas de Strauss e Lehár, que são imperiais, vienenses e nada têm com a gente. Só um torturante *band-aid* no calcanhar pode explicar o amor acima e além de todas as coisas.

MONTAIGNE & GILBERTO FREYRE

Consagrado como o maior intelectual do país, ele costumava frequentar as reuniões na casa de Álvaro Moreyra, onde se reuniam os mais notórios artistas da época. Noite de chuva braba, havia pouca gente e pouco assunto. Aníbal Machado lembrou-se de convocá-lo para incrementar a conversa com o brilho da prosa famosa. Ligou para ele: "A turma está esperando. Venha, por favor, não nos deixe na mão!"

A voz enrolada, ronco de gato afagado, ele recusou: "Aníbal, já estou recolhido, lendo o meu Montaigne... está chovendo... não, hoje não..."

Aníbal desligou e avisou Álvaro Moreyra: "Ele já está recolhido... lendo Montaigne..."

O dono da casa reclamou: "Você não soube dar o recado, deixa que eu mesmo ligo." Pegou o telefone: "Meu caro, estamos esperando, você não pode faltar, especialmente hoje..."

A voz mais enrolada ainda, untada de gozo, ele voltou a recusar: "Álvaro... hoje não dá, chove pra burro... estou recolhido, lendo meu Montaigne de todas as noites..."

Álvaro abaixou a voz: "Escute, a turma aqui está fervendo, esperando você. Sabe qual é o assunto? Estamos falando mal do Gilberto Freyre!" A voz imperial alteou-se: "Nem mais um pio! Me esperem! Daqui a 15 minutos estou aí!"

Pode parecer piada acadêmica, da bela época dos saraus literários e artísticos de tempos meio parnasianos e meio modernistas. Mas aconteceu de verdade e continua acontecendo.

Noite dessas, fui convocado, com menos pompa e urgência, para uma reunião sobre grave questão surgida nos meios artísticos: se os que vendem muito são venais, se os que vendem pouco são geniais, se a cultura nacional está em crise, se o governo deve continuar financiando letras e artes, se o ministro Gilberto Gil deve continuar usando terno e gravata em seus shows ou sua bata incrementada nas reuniões do ministério, temas palpitantes que emocionam as cultas gentes.

Perguntei se a reunião era contra ou a favor de tudo isso. Era a favor. Não fui. Nem fiquei lendo Montaigne.

Plagiar é preciso

Não é todo dia que um ministro da Fazenda cita um poeta. Tampouco, é raríssimo um editorial de jornal esquecer a aridez dos assuntos em pauta e repetir os mesmos versos citados pelo ministro. Mussolini dizia que a humanidade precisava de mais poetas e menos políticos. Certo.

O problema é que andam citando o famoso soneto do Vinicius de Moraes, intitulado "da Fidelidade". Aqui no Brasil atribui-se o verso "mas que seja infinito enquanto dure" ao próprio Vinicius, quando, na realidade, é a transposição literal de um verso de Henri de Régnier (1864-

-1936), autor relativamente menor, mas bastante divulgado nas antologias escolares da França e de países onde se fala francês, inclusive o Haiti.

O poema de Régnier, se não estou enganado, foi escrito e publicado em 1916. Não me lembro se é um soneto ou um conjunto de quadras. Tem, em linhas gerais, o mesmo sentido doloroso e amargo do soneto viniciano. Mas os versos finais coincidem: "*L'amour est éternel tant qu'il dure.*"

Não estou acusando Vinicius de plágio: essas coisas acontecem. Raimundo Corrêa, por exemplo, quando fez "As pombas", não sabia que Theophile de Gauthier fizera coisa parecida. E há mais: às vezes, um autor cita outro sem dar-lhe o crédito, na suposição de que todos saberão identificar a citação. É o caso do "Navegar é preciso", que muitos pensam que é de Caetano Veloso, Ulysses Guimarães ou Fernando Pessoa.

Não é bem assim. Nenhum deles (Pessoa, Ulysses ou Caetano) deu crédito ao autor da frase, que não chega a ser um verso. Está em Plutarco: a frase é de Pompeu — aquele mesmo que perdeu para César o domínio do mundo. Ele precisava levar trigo para Roma; havia falta de pão. A tempestade assustou os marinheiros, que não quiseram embarcar. Pompeu então gritou que navegar era preciso, uma vez que viver não o era tanto. Aqui entre nós: às vezes, plagiar também é preciso.

A MORTE ANUNCIADA

Em geral, quando se fala em capitalismo selvagem pensa-se obrigatoriamente na luta de classes, o capital oprimindo o trabalho, manipulando-o selvagemente. Esquece-se de pensar no capitalismo em face do próprio capitalismo, a guerra da concorrência profissional, o vale-tudo do lucro. A morte de Ayrton Senna é um emblema dessa selvageria.

Na véspera, ao saber da morte do colega austríaco, Senna deu uma pequena entrevista ainda na pista de Ímola. Estava tenso, pior do que isso: o rosto estava descomposto — e não era de medo. Era de revolta, de cólera contra a máquina, não exatamente a sua Williams, mas contra a engrenagem da Fórmula 1. São milhões de dólares em jogo, milhões que precisam gerar outros milhões, haja o que houver, é a lei da selva.

Senna não queria correr. Sonhou em pilotar a Williams, mas deu azar. O carro não era o mesmo, os tecnocratas haviam decidido criar maiores emoções nas pistas, exigir mais dos pilotos. Cortaram fundo no item da segurança — e Senna denunciou isso em sua última entrevista, logo após a morte do colega e na véspera da própria morte.

No dia da corrida, antes de colocar o capacete que não o protegeu, ele estava tenso no boxe. Alisou o carro — o seu esquife — e olhou fundamente o *cockpit* onde, uns minutos a mais, seria colhido pela morte. Não parecia ter medo, embora fosse natural o medo. Havia resignação, ovelha a caminho da goela do lobo, havia fatalidade.

Ele ainda tinha tempo: bastava despir o macacão, mandar dizer que não iria ao matadouro. Não se sentia em condições psicológicas depois dos acidentes da véspera e da antevéspera. Mas era um profissional, havia o regulamento, os contratos, a desistência seria deixar na mão centenas de outros profissionais, desde o apertador de parafuso até o segurança do boxe, também ovelhas, cúmplices no seu sacrifício.

Pouco depois, Senna já estava no *cockpit*. A câmera registrou sua testa franzida, o olhar calmo, resignado mas infeliz. A boca parecia querer falar alguma coisa, mas um herói só é herói quando tem compromisso com o absurdo. Era preciso correr, era preciso vencer, era preciso morrer.

O sinal da cruz

Ninguém sabe quem inventou a roda. Ela teria de ser inventada um dia, por necessidade do engenho humano. Não foi uma descoberta gratuita como a cruz. William Barrett não é muito citado, seu romance, *O sinal da cruz*, beira a subliteratura e o filme de Cecil B. de Mille nele baseado só é citável por causa de Charles Laughton no papel de Nero. Barrett escreveu um prefácio para o livro. Imagina ele dois carpinteiros trabalhando na modesta oficina junto ao Morro do Templo, em Jerusalém. Aplainam as madeiras, uma de 12 pés de altura, outra de seis. Sabem vagamente que os dois madeiros, em forma de cruz, serão levados por um tal de Jesus de Nazaré, que neles será crucificado.

Terminam a tarefa e vão beber na taberna próxima, antes que comece o sábado da semana do *Pessach*. Diz Barrett: "Nenhuma pedra esculpida por Fídias ou Michelangelo, nenhuma obra da arte, nenhum manuscrito precioso da história ou do pensamento humano podia empolgar a imaginação, tocar o coração e perturbar a alma quanto as duas peças toscas que haviam fabricado."

Ligadas uma à outra, elas iniciavam o mais assombroso destino traçado a qualquer outra obra feita por mão humana. Humberto de Campos, outro que ninguém mais cita, lembra que os Césares jamais conseguiram destravar aqueles dois pedaços de madeira. "Com ela, homens desarmados enfrentaram príncipes poderosos e generais invencíveis. Com ela, Leão Magno vai ao encontro de Átila salvando Roma do saque e da devastação." No punho dos guerreiros, nas velas das naus que descobriam novos mundos, ela percorreu um caminho inexplicável. Dois homens a fizeram. Outro homem a carregou nos ombros. Ela estará presente no túmulo dos vencidos, na espada dos vencedores, na testa das crianças, sobre o peito dos que morrem.

Ao apresentar o plano-piloto de Brasília, Lúcio Costa disse que a ideia da nova cidade nasceu de dois eixos que se cruzam, como quem assinala um ponto ou dele toma posse: o próprio sinal da cruz. E tudo teria nascido numa oficina humilde, à sombra do Morro do Templo, dois mil anos atrás.

Proibição inútil

Proibir símbolos sempre foi, ao longo da história, medida inútil para combater a causa que o símbolo representa. Além de inútil, serviu em alguns casos para alimentar a causa, fazendo-a crescer e se propagar. Não há exemplo maior do que a cruz — símbolo de ignomínia que o cristianismo assumiu, morreu por ela e com ela.

Quando o imperador Trajano ergueu sua bela coluna, ao lado do Foro, declarando que "o nome dos cristãos estava destruído", e com ele o seu símbolo, cometeu uma das maiores bobagens da história. A cruz é que destruiu o Império Romano, substituindo-o em parte.

O governo decidiu, para acabar com os surtos neonazistas (que não são exclusividade nossa), proibir a venda e divulgação dos símbolos nazistas, sobretudo a suástica.

Crimes hediondos, que envergonham a humanidade, foram cometidos à sombra desse símbolo detestável. Contudo, não é o símbolo que é maligno.

No caso da suástica, ela é anterior ao nazismo. Serviu de logomarca a movimentos não ideológicos desde o século X. Evidente que ganhou trágica associação com o nazismo. Combatê-la, como símbolo, é bobagem. Equivale a proibir Wagner. Respeita-se o sentimento dos judeus, muitos dos quais, ainda vivos, sobreviveram aos campos de extermínio. Mas ouvir o tema de "Tristão e Isolda" ou a abertura do "Tanhauser" não incentiva nem propaga o III Reich.

As causas do neonazismo levam ao nascimento do próprio nazismo: a ausência do Estado. A República de Weimar, nascida no mesmo caldo que fabricou o Tratado de Versalhes, teria de gerar um monstro.

Monstro que ressurge toda vez que um grupo desconfia que a culpa de tudo está em outro grupo. "Se o gato come o rato, que culpa tem o gato?", perguntou Hitler, ao escrever seu livro. Fazer da política a expressão da vitória do mais forte é o centro de gravidade do nazismo. De qualquer tipo de nazismo. O resto é tempero, produção teatral.

Uma sociedade centrada na justiça social jamais será nazista. Não é o caso do Brasil, onde se discriminam negros, nordestinos, crianças sem casa e torcedores do Botafogo.

A justiça é cega

Alguma coisa de ruim estava para acontecer na vida e naquela manhã de Leopoldo Quintães, escrivão substituto da 42.ª Vara Cível da Comarca do Rio de Janeiro. Como sempre fazia, chegou cedo ao fórum na rua Dom Manuel, cumprimentou o porteiro e o ascensorista, subiu ao 9.º andar, cumprimentou o faxineiro que espanava a pilha de processos que seriam despachados, à tarde, pelo juiz titular da vara, Hugo Backer.

Leopoldo, que era chamado de Popoldo na intimidade, abriu a gaveta de sua mesa e encontrou uma orelha dentro dela. Uma orelha humana, com um pouco de sangue coalhado, cortada recentemente.

Num movimento de autodefesa, mais do que de espanto, fechou rapidamente a gaveta, acendeu um cigarro, apesar do aviso na parede do fundo, bem destacado: "É terminantemente proibido fumar neste recinto." Com o rabo do olho, examinou a cara do faxineiro para ver se ele desconfiara de alguma coisa. O faxineiro de nada desconfiara, mas Popoldo desconfiou que precisava fazer algo antes que os colegas chegassem.

Aproveitou o faxineiro ter ido embora, abriu a gaveta, tirou a orelha e com ela procurou uma gaveta alheia que estivesse aberta, dando sopa. Na terceira tentativa, encontrou uma, na mesa do escrevente juramentado Waldo (com W) Pinto Guimarães. Botou a orelha lá dentro e foi acabar o resto do cigarro no corredor, onde não havia avisos proibindo fumar, mas avisando que a justiça é cega.

Meia hora depois chegou o Waldo. Devia ter dormido mal, era boêmio, frequentava o bar da Cobal, no Leblon. Fingindo examinar o laudo pericial de um processo complicado, Popoldo esperava a reação do escrevente juramentado quando descobrisse a orelha.

Waldo custou a abri-la e, quando a abriu, viu a orelha. Não deu um grito, tampouco se espantou. Pegou-a e colocou-a na pilha dos processos que o juiz titular deveria despachar à tarde. A justiça é cega e a ela competia fazer alguma coisa.

Brown & Freed

Entendidos em música popular norte-americana criaram os chamados cinco grandes: Cole Porter, George Gershwin, Jerome Kern, Irving Berlin e Richard Rodgers.

Sempre embirrei com essa lista, pois nela falta Nacio Herb Brown, o mais norte-americano de todos. Kern, de quem gosto muito, no fundo era um inglês deslocado, bebera tudo de Victor Herbert, em alguns momentos era operístico puro. Gershwin foi um torturado, tinha todos os apelos da música erudita, estudou uns tempos com Ravel, que o admirava com toda a razão. Cole Porter foi um caso à parte, sua melodia não nascia do dedinho explorando o teclado, em busca da melodia, como acontece com alguns poemas em que a palavra puxa palavra. Cole Porter trazia a linha melódica embutida em cada acorde, sua frase já vinha com tudo, redonda.

Depois desses três, coloco Nacio Herb Brown, que trabalhou basicamente para o cinema, e não para o teatro musicado. Daí, talvez, o lugar secundário onde o colocam, uma vez que o palco, em Nova York ou em Londres, era o cenário que consagrava uma revista ou, dentro dela, determinada canção.

Há uma corrente radical que chega a desprezar o cinema como gerador de música. Os grandes musicais da tela, exceto um, vinham invariavelmente da Broadway. O cinema respondia modestamente por um sucesso isolado que servira de tema musical para filmes que nem eram musicais, como *Casablanca*, *Laura*, *Shane*, *E o vento levou...*, *Dr. Jivago*, *O suplício de uma saudade*, *A pantera cor-de-rosa* etc.

Nacio Herb Brown, em parceria indestrutível com seu produtor e letrista Arthur Freed, fazia primeiro a música, depois é que vinha o filme. Foi o caso dos dois *Broadway Melody*, o de 29 e o de 36, mas sobretudo de *Cantando na chuva*, que teve princípio, meio e fim a partir das músicas que ambos fizeram ao longo da carreira. E, em torno das quais, veio o resto, o filme inteiro, mostrando como o cinema começou a falar e a cantar.

O Barba Roxa e o Arruda

Estava em Salzburgo, acompanhando o festival que lá se realiza, peguei o carro, atravessei a fronteira da Áustria com a Alemanha e dei um pulo em Obersalzberg. Queria ver a formidável montanha Untersberg, famosa nas sagas germânicas. Uma lenda garante que nas suas entranhas, no seu ventre de pedra e neve, o imperador Frederico I ali está dormindo o seu sono de muitos séculos.

Verdadeira ou não, a lenda inspirou outros imperadores que tudo fizeram para realizar o sonho expansionista de Frederico I, que, entre outras coisas, devia ter uma barba roxa, pois passou para história oficial como o Barba Roxa.

Pulando de Obersalzberg para o campo do Vasco da Gama, aqui mesmo, na rua São Januário (RJ), tivemos a lenda do sapo do Arruda, sobre a qual já escrevi algumas vezes. Um torcedor do São Cristóvão, chamado Arruda, ficou indignado com a surra que o Vasco deu no seu time: 12 a 0. Apesar de habituado a derrotas, Arruda achou que era demais.

Alta noite, pulou o alambrado do campo adversário, enterrou um sapo mumificado no círculo central, murmurou algumas palavras cabalísticas para reforçar os efeitos malignos do sapo e deu o fora.

Durante os anos seguintes, o Vasco passou a perder todas as partidas que jogava em seu campo. A diretoria consultou-se em tendas especializadas, tomou conhecimento do sapo, contratou escavadeiras, arrebentaram todo o gramado, não houve ossinho de galinha que escapasse da varredura. E o Vasco voltou a ganhar quando jogava em casa.

Com o exemplo do Barba Roxa e do Arruda, fico pensando onde estará enterrada a mandinga que nos inspira a altos destinos ou nos entrava em nossos caminhos. Olho a pedra monumental do Pão de Açúcar, examino com atenção a rocha colossal do Corcovado, aqui em frente da minha varanda. Tento descobrir alguma coisa dentro delas. Não deve haver nenhum imperador ali, dormindo um sonho majestoso e secular. Sou mais o sapo do Arruda.

Judas e o Sacadura

Desde que a sociedade passou a defender valores politicamente corretos, não mais se malha o Judas como antigamente. Acredito também, mas sem certeza, que os manuais da redação de todo o mundo igualmente condenem a velha e gostosa prática da malhação daquele que passou à história (ou à lenda) como o símbolo maior da traição. (Ia dizer "emblemático da traição", mas preferi a fórmula de outros tempos.)

E, por falar em outros tempos, nos Sábados de Aleluia, como o de hoje, pelo menos aqui no Rio, não havia rua que amanhecesse sem que, num dos postes, lá estivesse o espantalho feito por mãos anônimas, mas coletivas, com um cartaz pregado no peito, onde se lia o nome do Judas e os motivos que o levariam à malhação tão logo os sinos ressoassem nas igrejas, anunciando que o Senhor ressurgira dos mortos.

Ia com o pai ver os Judas do bairro. Acho até que ele era responsável por alguns, fazia o gênero dele. Havia Judas caprichados, vestidos a rigor. Outros avacalhados, com trapos por dentro e por fora. E havia os "testamentos" do Judas, que os explicavam. Geralmente eram comerciantes do Lins, donos de armazéns e quitandas, de malignidade limitada a certa rua. Mas havia Judas que transcendiam ao bairro: políticos, autoridades. Durante a guerra, de cada três postes, um era de Hitler. Havia também alguns Plínio Salgado.

O Judas que mais me impressionou foi na rua Cabuçu. Além de ser um espantalho como os demais, tinha na testa dois chifres de verdade, tirados de algum bode das vizinhanças. Tratava-se de um corno ostensivo e parece que assumido. Diziam que surpreendera a mulher dele embaixo do Sacadura, um personagem recorrente que consta em pelo menos dois romances que fiz por aí.

Esse Sacadura, para honrar o nome, era também um sacana. Na rua Cabuçu, a ofensa maior não era ser chamado de filho daquilo, mas filho do Sacadura, o que dava na mesma.

A lâmpada de Érico

Convidado para participar em Porto Alegre de um debate sobre a obra de Érico Veríssimo, cujo centenário de nascimento comemora-se neste ano, andei relendo alguns de seus livros que considero mais importantes. E deparei-me com uma cena e um comentário que muito me impressionaram em *Solo de clarineta*, que são suas memórias.

Filho de um dono de farmácia em Cruz Alta (RS), farmácia que, nas cidades do interior, funciona como único pronto-socorro da coletividade. Ali chegou um homem gravemente ferido, com o abdome aberto, por onde saíam os intestinos, muito sangue e pus. Era noite, o homem estava morrendo. Chamaram Érico, mal saído da infância, para segurar uma lâmpada que iluminasse o ferimento que deveria ser operado por um médico de emergência.

O menino teve engulhos, ficou enojado, mas aguentou firme, segurando a lâmpada, ajudando a salvar uma vida. Em sua autobiografia, ele recorda aquela noite e comenta:

"Desde que, adulto, comecei a escrever romances, tem-me animado até hoje a ideia de que o menos que um escritor pode fazer, numa época de atrocidades e injustiças como a nossa, é acender a sua lâmpada sobre a realidade de seu mundo, evitando que sobre ele caia a escuridão, propícia aos ladrões, aos assassinos e aos tiranos. Sim, segurar a lâmpada, a despeito da náusea e do horror."

Creio que não há, na literatura universal, uma imagem tão precisa sobre o ofício do escritor, principalmente do romancista. Leitores e críticos geralmente reclamam das passagens mais escabrosas, aparentemente de gosto duvidoso, de um romance, texto teatral, novela ou conto. Acusação feita à escola realista, na qual se destacaram Zola e Eça de Queirós. No teatro, Nelson Rodrigues e até mesmo Shakespeare em alguns momentos, como na cena do porteiro de *Macbeth*.

Érico acertou na veia (perdoem a imagem que está na moda). Ele também ergueu sua lâmpada e iluminou parte da escuridão em que vivemos.

A "Ave-Maria" de Schubert

Era difícil levar uma namorada, de ofício ou de circunstância, para os finalmente que interessavam. Não havia motéis, mas espeluncas desconfortáveis e broxantes. Quem não era rico e não tinha direito àquilo que os entendidos chamavam de "*garçonnière*", se espalhava pelos quartos alugados de cafetinas ou homossexuais desativados que alugavam por hora ou, em alguns casos, por fração de hora.

Deu-se que um amigo meu levou uma namorada zero-quilômetro para um desses covis, numa rua manjada, que cheirava de longe a secreções igualmente manjadas. Vencidas as resistências, à custa de muita saliva — que é igualmente uma secreção —, foram abertos os trabalhos de praxe.

O apartamento era quarto e sala, o dono, um rapaz magricela, que vivia com um policial que só chegava à noite, alugava o quarto durante o dia a cavalheiros de fino trato para pagar aulas de violino, que cismara de tocar. Era um artista desgarrado, e ainda bem que escolhera o violino, se fosse bateria, poderia ser pior, mas, naquele caso específico, certamente seria melhor. Foi uma carnificina terrível. A Guerra do Peloponeso, as Púnicas, a dos Cem Dias, a batalha de Stalingrado, nenhuma delas se ombrearia com a luta corporal para convencer a namorada à consumação dos fatos consumados. E, quando tudo estava pronto, vencidas as últimas resistências, eis que adentra no quarto o som esfarrapado do violino tocando a "Ave-Maria" de Schubert.

Por Júpiter! A moça deu um pulo, era a voz de Deus e da decência que a salvava do mau passo. Vestiu-se chorando, deixou o meu amigo literalmente na mão. Resignado, mas nem tanto, o jeito foi esculhambar com o candidato a Paganini que, apatetado, na sala ao lado, não entendia o que estava se passando: "Mas logo com uma 'Ave-Maria'? Não podia ser a valsa da 'Viúva Alegre'?"

Encabulado, o rapaz respondeu: "É a única música que sei tocar até o fim."

Anúncios e reclames

No tempo dos bondes, além da paisagem, que corria lenta e paralela pelo lado de fora, havia os anúncios, que eram chamados de reclames, espalhados pelas cantoneiras laterais do veículo. Pelo menos um deles tornou-se famoso, com a quadrinha atribuída por uns a Olavo Bilac, por outros a Bastos Tigre: "Veja, ilustre passageiro, o belo tipo faceiro etc. etc."

Nunca tomei o peitoral recomendado pelo reclame, tampouco quase morri de bronquite como o belo tipo faceiro que tinha a meu lado. (Geralmente, não era tão faceiro assim.) Mas havia um anúncio que me causava horror. Um sujeito desesperado, com a pistola apontada para a própria cabeça, estava prestes a se matar. Um amigo aparecia de repente e gritava: "Não faça isso!" E receitava um tal de Elixir 914, que era tiro e queda para acabar com a sífilis, que era mais terrível na ortografia antiga, "syphilis".

Não me lembro se já tentei algum dia acabar com a vida. De qualquer forma, não foi por culpa da sífilis que nunca tive, mas por causa das mulheres que tive. E que, por pérfida maquinação do destino e de mim próprio, deixei de ter. Pulo para os anúncios, que agora não são mais reclames, e sim publicidade eletrônica.

Por mais que me ensinem como me livrar deles, toda vez que abro o notebook vem a enxurrada que me ensina a encompridar o pênis dois centímetros por mês (precisaria de um carrinho de mão para carregá-lo), a tomar Viagra com a antecedência certa e, o mais inútil de todos, a deixar de fumar em apenas sete dias.

Em respeito aos bons costumes e por questão de decência, não devo comentar os dois primeiros. Quanto ao terceiro, não pretendo deixar de fumar nem em sete dias nem em sete eternidades. Agora mesmo encomendei duas caixas de Cohiba Piramides e os deliciosos Romeo y Julieta, enrolados em capinhas de cedro. Já que não posso viver satisfeito, espero morrer satisfeitíssimo.

Ou César ou nada

Devia citar a frase em latim, "*aut Caesar, aut nihil*", mas vai mesmo em vernáculo — já me acusam de apelar muito para o latim mal aprendido mas não esquecido. Foi um lema que serviu até para Hitler em seus raros momentos de indecisão, e o resultado todos sabemos. Seria bem melhor se ele tivesse escolhido o nada.

Outro que disse coisa parecida, de forma mais suave porque era latino, mas com significado igual, foi Mussolini, sócio de Hitler na mesma aventura: "Prefiro um dia de leão a cem anos de ovelha."

Esse tipo de radicalismo muitas vezes transcende a política e a economia e invade as artes em geral. Lembro um grupo de poetas patrícios que, ali pelos anos 1940 ou 1950, adotou o lema: "Ou Dante ou nada." Do grupo, fazia parte o Gerardo Mello Mourão, que hoje se penitencia daquele arroubo, apesar de ter sido, naquela geração, o que mais se aproximou de Dante.

César e Dante podem ser considerados leões na selva das selvas que é a vida em geral. O Joel Silveira me garantiu que leão nunca é de nada, só tem a goela, o rugido que faz tremer a floresta e impõe terror aos súditos, que são os outros animais, desde o tigre e o elefante aos esquilos.

Não sei por que estou pensando em César, Dante, Mussolini, Hitler, Joel Silveira, Gerardo Mourão. Não, não é falta de assunto, pelo contrário, é assunto demais.

Outro dia, vi um ministro do atual governo, sobre o qual há suspeitas de nada ter feito durante o ano que passou, garantir que, no próximo ano, fará a floresta tremer com o rugido que sairá de sua goela colossal. Nada fez até agora porque não era tempo. Preferiu ser um nada em 2003 para ser um César em 2004.

O momento da verdade

Foi num Carnaval da infância. Fiz o que nem sábios, loucos e santos conseguiram fazer: descobri o sentido da vida. Dito assim, pode parecer pretensão ou ironia, mas não chega a ser uma coisa nem outra.

Desconfio que já contei essa história com outras palavras, afinal, já se passaram 11 Carnavais desde que ocupo este canto de página. Einstein jamais esqueceu o momento em que bolou sua fórmula ($E = m.c^2$), fórmula que eu apreendi a repetir sem nunca entendê-la e sem nunca fazer esforço para isso. Colombo, ao descobrir a América, e Arquimedes, ao tomar aquele banho, também devem tudo a um momento revelador, que mudaria a vida deles e a do resto do mundo.

Meu caso, embora mais modesto, foi mais profundo e pessoal. Deu-se em Paquetá, onde nunca aconteceu nada de importante além daquele romance do Macedo sobre a Moreninha, que hoje pouquíssimos leem.

Eu ia distraído, com enorme máscara de morcego na cabeça, fantasia obrigatória de todos os meninos da ilha. Encontrava outros morcegos, não dava bola para eles nem eles para mim.

Ao dobrar a praia de São Roque, vi uma caveira. Certamente era um outro menino, magro como eu, com uma túnica branca na qual havia uma cruz pintada na frente e nas costas. E a máscara de alvaiade muito branca, os dentes enormes, os olhos cavados, a mesma caveira que havia no rótulo do vidro de um formicida que havia lá em casa e do qual eu nem podia me aproximar.

O coração deu um pulo. E pulei mais ainda quando a caveira implicou comigo, quis me agarrar, eu fugi, ela correu atrás de mim. O coração, que já estava aos pulos, pulou para dentro da boca. Toda a verdade então se revelou para mim, toda a inutilidade de tudo, todo o fim que um dia mereceremos. Continuo correndo até hoje, mais indefeso ainda, sem a proteção da máscara do morcego.

A fartura e a fome

Em todo o mundo, a mídia está enfrentando dificuldades, seja pelo alto custo da informação e do entretenimento, seja pela concorrência que torna a oferta maior do que a procura. Para piorar o quadro, ela vive de fatos que não cria nem domina. Fatos que não acontecem em ordem programada. Deixam de estourar durante semanas e meses e, de repente, estouram todos ao mesmo tempo.

Foi o que ocorreu nas duas últimas semanas. Morre o papa. Morre o príncipe de Mônaco. O herdeiro do trono da Inglaterra se casa com uma plebeia. No plano doméstico, acusações graves contra um ministro, contra o presidente do Banco Central. Um ex-presidente do mesmo banco é condenado a dez anos de prisão.

Bastava um só desses acontecimentos para render dias de mídia farta, jornais, TVs e emissoras de rádio tendo assunto para editoriais, resenhas, opiniões, comentários e fofocas nas seções especializadas.

Alguns deles terão suíte garantida (uso a palavra "suíte", que era comum nas redações para designar o desdobramento, a continuidade de um fato ou de uma notícia). A eleição do papa, por exemplo, pode manter a mídia numa boa durante semanas, quem sabe até mais do que isso, conforme as coisas acontecerem na capela Sistina e, um pouco também, fora dela.

O casamento do príncipe Charles parece que já deu o que tinha de dar. E o outro príncipe, o de Mônaco, deu azar: morreu quase ao mesmo tempo em que morria um papa. A seu modo, representou as cores do baixo clero na mídia internacional.

Lembro o político brasileiro, candidato presidencial que quase foi eleito. Ia embarcar num avião quando notou que no mesmo voo viajaria um time de futebol, o do Botafogo dos áureos tempos. Cancelou a viagem. Explicou para a mulher: "Se o avião cair, ninguém falará de mim."

O GUEDES

Não tenho certeza, posso estar enganado, como sempre, mas creio que foi o primeiro Guedes que conheci, primeiro, único e bastante. Era magro, muito magro. Eu desconfiava que ele era magro porque se chamava Guedes, mais tarde descobri que se chamava Guedes porque era magro.

Nada se sabia ao certo de sua vida e de seus feitos. Era vagamente mineiro, falava muito numa cidade chamada Porciúncula. Naquele tempo, todo mundo pensava que Porciúncula era em Minas, acho que não era nem naquele tempo nem agora.

Impossível ignorá-lo e, depois, esquecê-lo. Diziam que havia sido tuberculoso e que tivera mau hálito, tendo sobrevivido à doença e aos dentes maltratados. Quando o conheci, só não podia ser considerado elegante, porque se trajava mal, embora fosse cortês e, até certo ponto, ouvinte atento de qualquer um e de qualquer assunto, dando a impressão de concordar com todos, inclusive com ele mesmo.

O fato mais notável de sua biografia nem chegou a ser sua morte, de fulminante colapso cardíaco, aos 37 anos de idade e 15 de seu complicado noivado com a filha de um major intendente do Corpo de Bombeiros.

Teve uma fase de sucesso. Guedes fazia versos — muitos e maus. Nada publicou em vida, e dele nada publicaram depois de morto. Mas em Vila Isabel e adjacências, mesmo com Noel Rosa ainda em atividade, ele era considerado o poeta da Vila. Seus poemas eram copiados a mão por admiradores e andavam de casa em casa, de botequim em botequim.

Caiu em desgraça porque fez um soneto fescenino, mais obsceno do que fescenino, declarando-se amante da mulher mais honesta do bulevar 28 de setembro, esposa exemplar e mãe extremosa de cinco filhos. O marido prometeu matá-lo, mas Guedes facilitou a vingança morrendo antes — como já foi dito — de morte natural.

Consta que aparece pelas ruas do bairro em noites de lua cheia.

O penico de Napoleão

Como qualquer mortal, ou mesmo imortal, volta e meia questiono meus conceitos e atitudes. Ultimamente, olhando tudo em conjunto, o que fiz de ruim e deixei de fazer de bom, tenho vontade de subir à montanha e pedir clemência, implorar o perdão de todos.

Entre meus pecados, está o de nunca ter levado a humanidade a sério, desprezar os bons propósitos, a moral e a compostura. Estava começando a mudar de opinião, achando que eu exagerava — bolas, impossível que a humanidade não tenha alguma coisa de aproveitável.

Durou pouco o meu discreto arrependimento. Li nos jornais, na semana que passou, que o penico de Napoleão será posto em leilão, pela casa Bonhams, em Londres. O lance inicial será modesto — 2.220 —, mas a expectativa é que seja arrematado em torno dos cinquenta mil ou sessenta mil.

Nisso tudo, só absolvo mesmo o imperador, então exilado em Santa Helena, que morreu sem saber que os ingleses estavam fazendo um penico especial para ele. Consultei o *Memorial de Santa Helena*, de Las Cases, para verificar se havia qualquer referência ao penico. Não há. Não tenho informações para descrer do penico. Tampouco para acreditar nele.

E aí está o arrependimento do arrependimento que começava a ter pelo fato de nunca ter levado a humanidade a sério. Segundo a Bíblia, que ainda é a referência maior para nós, ocidentais, logo após a queda de nossos primeiros pais, o Criador condenou-nos, a todos: os homens, a ganhar o pão com o suor do rosto, as mulheres, a parir os filhos com dor.

Entre as maldições lançadas, o Criador não incluiu esta, a de valorizarmos um penico, ainda que um penico nobre, destinado a servir a um ex-imperador do tamanho e feitio de Napoleão.

Nunca tive um penico que pudesse considerar meu. Acho que meu avô tinha um. Não fez parte da herança familiar e não devia valer 2.200. Não fico ressentido com isso. Afinal, o avô não era imperador, mas simples chefe de estação em Barra do Piraí.

COISAS QUE ACONTECEM

Não é para bagunçar o coreto da história, mas já me garantiram que quem está sepultado no Memorial JK, em Brasília, não é o ex-presidente, mas um indigente anônimo. Não chega a ser novidade. Outras fontes afirmam que Napoleão não está em Paris, naquela suntuosa tumba que ergueram para ele. Ali repousa, esperando a ressurreição dos mortos, um sargento inglês que integrava o grupo de Hudson Lowe, o responsável pela guarda do prisioneiro na ilha de Santa Helena.

No caso de JK, por ocasião de sua morte na Rio-São Paulo, houve alguma confusão. Ele seria velado, aqui no Rio, no Museu de Arte Moderna, no aterro do Flamengo.

Mas dona Sarah pediu a mim e ao Murilo de Melo Filho que fôssemos ao IML com a nova ordem: o corpo seria velado no saguão da *Manchete*, como de fato foi.

Ao saltarmos na calçada do IML, o repórter Tarlis Batista perguntou-nos o que fazíamos ali. Sendo nosso companheiro de redação, dissemos a verdade: levar o corpo para onde dona Sarah ordenara. Subimos, falamos com os responsáveis (o corpo de JK e o do motorista Geraldo ainda não haviam chegado ao necrotério) e descemos. Do lado de fora, vi um rabecão saindo da garagem do instituto, com Tarlis Batista ovante, no banco da frente, pedindo ao povo que abrisse caminho. Meia hora após, o velório teria início com gente aos prantos, no saguão da *Manchete*.

O dia amanhecendo, outro rabecão do IML chegou com os dois corpos verdadeiros, vindos do necrotério. O pasmo do motorista e de seu ajudante foi enorme. Já havia velório, muita gente então, inclusive o Elio Gaspari e algumas autoridades. Bestificado, o pessoal do IML passou em marcha lenta pelo edifício, avaliou a situação e decidiu voltar, levando o corpo de JK e de seu motorista para não sei aonde. Ia ser complicado substituir os dois ataúdes que já estavam cobertos com a bandeira nacional.

Quem não quiser acreditar não acredite.

Mundo, vasto mundo

1) O japonês Takaru Kobayasho comeu 49 cachorros-quentes em 12 minutos e venceu pela 5.ª vez a tradicional disputa em Nova York.

2) Nos últimos cinco anos, 136 brasileiras foram indicadas ao Prêmio Nobel da Paz, entre elas a irmã de um cardeal e uma ex-prostituta. A agência alemã Rutz Bloos, especializada em projeções, estima que nos próximos cinco anos o número de indicadas aumentará em 35%.

3) Karl Sundenberg, menino sueco de 14 anos, estuprou sua avó paterna, Glenda Sundenberg, de 86 anos, e depois ouviu quatro vezes seguidas a "Sinfonia n.º 1" de Gustav Mahler.

4) O otorrinolaringologista Rudyard Zhema, da Clínica Mahatma Gandhi, de Bombaim, extraiu do nariz de um camponês de 58 anos, Muhad Taljiad, uma pérola do tamanho de um caroço de azeitona. Examinada por especialistas de Londres, descobriu-se que a pérola pertencia à coroa da imperatriz Maria Eleodora Juanesco, da Romênia, e fora roubada em 1856. Autoridades da Índia contrataram uma equipe de paranormais para explicar como a pérola foi parar no nariz de Muhad Taljiad.

5) Joseph Mordestein, rabino de uma comunidade em Vilna, na Lituânia, foi mordido por uma cabra que invadiu a sua sinagoga durante um *bar mitzvah*. O menino Saul Lovenkron, de 13 anos de idade, gostava muito da cabra e exigiu que ela assistisse, de longe, à cerimônia. Por motivos inexplicados, a cabra burlou a vigilância de todos e atacou o rabino, que tomou uma vacina antitetânica receitada pelo pai do menino, conhecido médico em todos os Estados Bálticos.

6) Numa cidade de Piauí, distante 163 quilômetros da capital, Teresina, o vereador Jorge Milhomens, de 67 anos de idade, engoliu o título eleitoral do pecuarista Francisco Assis de Souza. Veterano político na região, Milhomens emocionou-se quando o pecuarista mostrou-lhe o título de eleitor, declarando que votaria nele nas eleições do próximo ano para a Câmara Federal. A 7.ª Junta da Justiça Eleitoral investigará o caso.

Discurso-padrão

No final dos anos 1960, passei uma temporada em Cuba e de lá escrevi, por vias transversas, uma carta ao meu editor Ênio Silveira, da Civilização Brasileira, um dos poucos amigos que sabia onde eu estava. Na carta, deixei escapar um comentário que o próprio Ênio divulgou entre os iniciados que frequentavam sua editora naquele tempo e circunstância.

"O mal da América Latina não é o subdesenvolvimento, é a retórica." A frase me parece ainda atual, aliás, nunca deixou de sê-lo (o pronome bem colocado é uma homenagem ao Lula, que, na semana passada, soltou um "poder-se-ia").

Lembrei-me dela outro dia, vendo uma das sessões da recente reunião de presidentes latino-americanos, na qual a estrela da festa foi Hugo Chávez, da Venezuela, a quem admiro com reservas embora não goste dele no conjunto. De origem militar, Chávez não chega a ser um orador típico desta banda da América, mas sua força não chega a estar nas armas, mas na oratória populista, rasgada e assumida, naquilo que o termo "populista" tem de bom e de ruim.

Foi em Havana que tomei intimidade não desejada com a retórica dos dirigentes latino-americanos. Darei um exemplo do tipo de discurso que serve de padrão a todos eles. A língua oficial, como não poderia deixar de sê-lo (repito a homenagem), é o espanhol. O tom é alto, exaltado: "*El imperialismo de siglos y siglos*... (A exaltação faz o orador engolir palavras e frases ditas aos borbotões.) ... *de la soberania de nuestros hermanos de sangre y voluntad*! (Pausa para os aplausos.) *La integración de pueblos subdesarrollados, el pérfido capitalismo sin alma y sin límites*... (Outra enxurrada de palavras incompreensíveis, o orador está sufocado pela infâmia internacional.) ... *la hora de nuestra liberación del yugo salvaje que expulsaremos con nuestras manos y corazones*!"

A cada final de frase, da qual só se entende o começo e o fim, todos uivam. E todos se consideram salvos.

O GRANDE HOMEM

De poucas palavras e muitas convicções, quando dava um bom-dia não era um cumprimento, era uma declaração de princípios. Quais, ninguém sabia, nem mesmo ele, mas eram princípios que lhe valeram a fama de sábio entre os sábios e de justo entre os justos.

Suspeitava-se que estudara na Europa e correspondia-se com Einstein, tivera um caso com Greta Garbo — alguns chegavam a afirmar que o caso fora com Pola Negri, mas o rigor histórico desmentiria a lenda por motivos cronológicos. De qualquer forma, fora ditoso entre as mulheres daqui e d'além-mar.

Não fazia vida social, mas nada acontecia sem que ele chegasse. Nos velórios, era o último a aparecer. Dirigia-se à viúva, solene, hierático, apertava-lhe a mão e a olhava fundo nos olhos, ela desabava em seus ombros. Todos murmuravam: "Que caráter!"

Ao certo, sabia-se que chegara ao grau 33 da Maçonaria e a Cavalheiro da Ordem Equestre de São Silvestre, da qual seria Preboste Emérito, tendo recebido condecorações de vários países e instituições, inclusive a comenda de Afonso XIII, o Sábio. Devolveu a Grã-Cruz do Mérito Fascista quando

Mussolini invadiu a Abissínia, mas foi recompensado com a Medalha de Esforço de Guerra pelo rei Jorge V, da Inglaterra.

Estava escrevendo um tratado sobre as Guerras Púnicas e suas Influências na Geopolítica do Mediterrâneo, do qual já havia escrito 1.254 páginas, mas precisava escrever outras tantas, pois chegara a Amílcar, mas ainda estava longe de Aníbal.

Sua mulher, dona Eleonora Chagas e Mello, tampouco desperdiçava palavras. As únicas de que se tem notícia foi ao morrer, de repente, numa tarde de sábado. Levou a mão ao peito e disse: "Ai, Horácio!"

O diabo é que ele não se chamava Horácio, mas Alberico. O pai era leitor de Tácito, Tito Lívio e Suetônio, dava aos filhos nomes de ilustres patrícios romanos.

Fiel à herança paterna, rosnavam que tivera um filho bastardo ao qual dera o nome de Catilina.

Autofagia das esquerdas

Outro dia, comentando a autofagia dos intelectuais, não apenas em momentos de crise, mas sobretudo depois das crises, lembrei a onda que se criou contra Jean-Paul Sartre logo após a libertação da França. A ocupação do país pelos nazistas e o regime colaboracionista de Vichy já haviam feito vítimas na inteligência, mas nada comparável ao morticínio posterior, quando os intelectuais da França Livre comeram-se uns aos outros sob variados pretextos e ressentimentos.

O próprio Sartre foi suspeito de colaboração. Sua peça *As moscas*, sendo embora uma crítica ao nazismo, foi encenada durante a ocupação. Os censores alemães não perceberam o sentido da obra, mas a turma dos despeitados (que ficara em silêncio, esperando ver no que iam dar as coisas) caiu em cima dele, acusando-o de espião e "tira" dos nazistas.

Annie Cohen-Solal, em seu livro sobre aquele período, narra como as coisas se passaram: "Que espetáculo! Os intelectuais franceses agora se estraçalham, cada um tinha seu inimigo preferencial de quem queria se desforrar pessoalmente. Mauriac pedia a cabeça de Jaloux, Aragon queria que se fuzilasse Armand Petitiean." E, mais adiante: "O grande mestre dos expurgos foi Aragon. Se dependesse dele, seriam muito maiores, com uma exceção para os ex-colaboracionistas que aderiram ao Partido Comunista Francês."

O fenômeno não chega a ser uma exclusividade da França pós-Guerra. Na Itália, o próprio PCI expulsou e perseguiu, entre outros, um de seus maiores romancistas, Ignazio Silone, autor de *Fontamara* e *Pão e vinho*.

Como lembrei em artigo que escrevi recentemente na "Ilustrada", o próprio Sartre foi chamado de "crápula nazista" por Maurice Thorez, o homem forte do PCF, o mesmo que apoiara freneticamente o pacto germano-soviético no início da guerra.

Por essas e por outras, nada como a liberdade que somente a anarquia nos dá.

Antônio Callado

Reclamei, com certa antecipação, do excesso de testemunhos e depoimentos relativos ao golpe militar de 1964 — excesso do qual participei, atendendo a solicitações de colegas da imprensa que me procuraram para engrossar o assunto.

Com o fim da onda, senti falta de um nome que pouco foi lembrado nas muitas e extensas matérias feitas pela mídia. Antônio Callado foi o único jornalista brasileiro pessoalmente proibido de escrever em jornais. De 1964 a 1968, quem quis escreveu contra o movimento militar de abril. Evidente que se pagava o preço, mas era a regra do jogo. Callado foi o único profissional que por decreto do governo ficou proibido de escrever. Os outros ou se proibiram ou não quiseram se manifestar.

Além disso, Callado é autor de *Quarup*, que representou para os anos 1960 o mesmo que *Grande sertão: veredas* representou para os anos 1950. Foi preso diversas vezes, numa delas, levou para a prisão na Vila Militar o pôster de Che Guevara que tinha em sua casa, no Leblon. Foi uma cena que Glauber Rocha poderia ter filmado: num jipe aberto, o sofisticado Sir Anthony levando o enorme pôster que tremia com o vento da corrida.

Lendária a sua calma que merecia realmente o clichê de "fleuma britânica". Na prisão, sem dar bola para o desconforto, relia pausadamente Proust, o autor francês que mais admirava.

Após o AI-5, quando ficou impossível escrever contra o regime militar aqui instalado, fez uma coisa espantosa. Ele, que nunca brigava por nada, brigou ferozmente pelo direito de ir ao Vietnã, num dos períodos mais violentos daquela guerra e que não trazia nenhuma glória para quem por lá se aventurasse.

Callado foi um dos homens mais importantes da minha geração, tanto no jornalismo, como na literatura e na vida social. Lembrá-lo com carinho é uma obrigação de todos os que resistiram contra o totalitarismo. E para mim, pessoalmente, uma expressão de saudade.

Dorival Caymmi

Em criança, eu tinha medo de Dorival Caymmi, que agora está fazendo noventa anos em merecida glória. Tudo nele era diferente, a voz grossa, vinda do fundo do mar, com cheiro de ventos e ondas, temas estranhos ao menino carioca que nunca ouvira falar em acarajé e jangada, aquela terrível jangada que partiu com Chico, Ferreira e Bento, jangada que voltou só.

Não achava doce morrer no mar e até hoje não acho doce morrer em lugar algum. Nem me importava o que é que a baiana tinha ou não tinha, nem sabia o que era um pano da costa, muito menos um balangandã. E só fui ao Bonfim muito tarde, para ver como era.

Até que um dia, sozinho, mexendo no primeiro rádio lá de casa, um Pilot que tinha a forma de uma janela gótica, ouvi aquela voz tremenda, vinda lá do fundo do mar. Descobri um mundo diferente da bossa de Noel Rosa, da mão esquerda do Ary Barroso, que dava um gingado especial ao samba, das marchinhas de Lamartine Babo e Braguinha, dos sambinhas de Geraldo Pereira.

A voz grave de Dorival mexia comigo, como aquele acorde inicial da "Tocata em ré maior" de Bach, que até hoje me faz tremer lá dentro, como se ouvisse o primeiro (ou último) estertor da Terra.

"Te conheci no Recife dos rios cortados de pontes, dos bairros, das fontes coloniais..." O Recife de Manuel Bandeira e João Cabral deixou de ser referência para o garoto carioca. Um baiano de lábios gordos, requebrando os olhos, era acima de tudo um poeta, um poeta que pegou um poema de Jorge de Lima e fez uma obra-prima: "Ela chegou certo dia, no engenho do meu avô, era uma nega bonita chamada Nega Fulô."

Em Dorival Caymmi, a melodia nunca vem de fora dele mesmo. É uma secreção, um pulsar lá do fundo, o respirar tranquilo quando se sonha bonito.

Política faz mal à saúde

Política é letal como a câmara de gás, a cadeira elétrica, a forca e a empada que matou o guarda. Gosto de reler Lima Barreto e, outro dia, reparei a distinção que ele faz entre a cultura, a economia e a política. Seu melhor personagem, Policarpo Quaresma, paga tributo às três principais expressões da atividade humana.

Na primeira delas, Policarpo descobre que o brasileiro deveria falar tupi-guarani, língua nativa, jamais o português, idioma do colonizador. Não morre por causa disso, mas cobre-se de opróbrio e de ridículo, ninguém o leva a sério.

Desiludido do fato cultural, ele se volta para a economia e torna-se fanático pela agricultura. Acredita em Pero Vaz de Caminha e começa a plantar, torna-se a primeira consciência ecológica do país, mas as saúvas acabam com tudo o que sonhou e plantou.

Ridicularizado culturalmente, arruinado economicamente, ele se volta para a política, envia aquele célebre telegrama ao presidente da República pedindo "energia" e avisando "sigo já!" para se alistar nas tropas leais a Floriano Peixoto.

Dessa vez, quebrou a cara e perdeu a vida. É fuzilado. Não que a sua causa estivesse errada. Simplesmente as coisas e as causas mudaram. Como se sabe, política é como nuvem, está assim e, de repente, fica assado, sem ninguém saber direito por quê. Ele continuou o mesmo.

Oliveira Lima considerou Policarpo Quaresma o Dom Quixote nacional. Discordo. O Cavaleiro da Triste Figura enlouqueceu lendo livros de cavalaria. Policarpo não ficou louco, pelo contrário, tinha uma lucidez atroz. A loucura não era dele, mas dos outros. Dos entendidos em cultura, economia e política.

Acontece que o preço pago por ele sofreu gradual reajuste tarifário. Culturalmente, ficou desprezado. Economicamente, perdeu tudo. Politicamente, foi morto.

O fardo dos fardões

Frequento pouquíssimo a Academia, ao longo de uma vida, três, quatro vezes no máximo. Na posse de Callado, anteontem, contemplei os imortais e me lembrei de um caso que o Otto Lara Resende gostava de contar. O mestre Aurélio Buarque de Holanda meteu-se no fardão e entrou num táxi. Deslumbrado, o motorista perguntou: "Sois rei?"

Mestre Aurélio não era rei, mas em outro lance também entrou num táxi e pediu: "Depressa, moço, que estou atrasado!" O motorista entendia a vida. Sossegou o mestre: "Fique tranquilo. Seja quem for, com essa roupa que está usando nada começará sem o senhor!"

E há o caso do Magalhães Jr. Ele morava na Mascarenhas de Moraes, quase esquina com Barata Ribeiro. Em noite de posse, saiu fardado com tudo a que tinha direito: tricórnio, plumas, fardão, capa nobre e espada maior do que ele, arrastando pelo chão. Em frente a seu prédio há uma lanchonete de muito movimento, o dono, português recém-chegado, na caixa registradora, anotava os pratos que saíam da cozinha.

Garoava. O português está registrando um filé com fritas quando olha em frente e, súbito, vê o Magalhães Jr. saindo das trevas em direção ao táxi! Atônito, o português tinha o dedo espetando o ar para bater na tecla da registradora e assim ficou, imóvel, esgazeado.

Diante daquela visão, sofreu fulminante paralisia mental e corporal. Rezam as crônicas que, deitado na maca que o transportou para a ambulância, o dedo continuava espetando o ar, como se registrasse uma aparição mágica numa registradora sobrenatural.

O mundo nunca mais foi o mesmo para ele. Ele também nunca mais foi o mesmo. Conheci-o anos depois, ficava andando na calçada de um lado para outro, volta e meia olhava na direção fatal. Os filhos tomaram conta do negócio, tentaram convencê-lo a voltar para o Minho. Ele recusava, fiel e obstinado. Não podia deixar aquela calçada, andando de um lado para o outro, em silêncio, sabendo que, depois daquela visão, tudo o que lhe acontecesse seria lucro.

A voz do povo

Pena que todos tenham morrido, mas ainda em vida deles já escrevi sobre esse encontro no início dos anos 1970. Eu havia recebido da Mondadori um álbum-disco intitulado

Dez anos de nossa história, texto de Enzo Biagi com gravações de diversas procedências.

Juntei em casa meus amigos mais chegados daquela época, Jorge Zahar, Ênio Silveira, Antônio Callado e Paulo Francis. Botei o disco para rodar e ouvimos vozes e sussurros de um período da história mundial balizado entre duas datas: 1935-1945. Ou seja, da guerra na Abissínia e Guerra Civil Espanhola ao final da Segunda Guerra Mundial.

Além de canções e de diálogos de filmes da época, havia as vozes de Stálin, de Hitler, de Churchill, de Mussolini, de Roosevelt, de Franco, de Pio XII e de outros menos votados.

Os principais políticos da época faziam discursos em praças monumentais, para plateias também monumentais. E os discursos eram cortados por monumentais ovações da plebe. Churchill prometendo sangue, suor e lágrimas. Mussolini perguntando ao povo se preferia manteiga ou canhão e o povo pedindo canhão.

Não se sabia bem o que Hitler vociferava, mas a resposta das multidões era a mesma, fosse em Berlim, na praça São Pedro, na Gran Via ou na praça Vermelha.

Foi então que o Paulo Francis, justamente quando Mussolini lia o telegrama do general Badoglio comunicando a tomada de Adis Abeba, dando aos romanos um novo império, declarou com aquele jeito com que mais tarde faria seus comentários na televisão: "O povo é o grande vilão da história."

É evidente que muitos outros já disseram a mesma coisa, de forma disfarçada ou não. Mesmo sem entender as ameaças de Stálin e de Hitler, mas entendendo o que Churchill, Pio XII e Mussolini diziam, não precisávamos de tradução para entender a voz do povo.

Vermute e amendoim

Para o bem ou para o mal, os dias da chamada folia estão se aproximando. Carnaval aparece todos os anos e pode ser previsto, como os cometas e os eclipses. Jornais, revistas e TVs se esbofam anualmente para contar a história da festa que teve o seu caráter religioso, mas logo retornou às suas origens pagãs.

Em sua melhor fase, ele associou as saturnais greco-romanas aos personagens da *commedia dell'arte*, os sátiros e bacantes da antiguidade aos personagens românticos de Veneza: pierrô, arlequim e colombina.

Nada como um carioca para avacalhar com as coisas sérias, para zombar do pulsar das multidões. Dois cariocas, então, é para sair de baixo. Noel Rosa e Heitor dos Prazeres, no início dos anos 1930, enterraram definitivamente a santíssima trindade dos carnavais venezianos.

Heitor foi também pintor primitivo. Tenho na sala um de seus quadros deliciosos. Noel Rosa, depois de Camões, foi o sujeito que encontrou as melhores rimas que conheço na poética universal. Na marchinha "Pierrô apaixonado", cuja letra é inteiramente de Noel, há uma quadrinha genial: "Um grande amor tem sempre um triste fim/ com o pierrô aconteceu assim/ levando esse grande chute/ foi tomar vermute/ com amendoim."

Hoje não se toma vermute com amendoim, toma-se uísque com pipoca. E tremo ao pensar no que Noel faria com a rima de pipoca.

Se o vermute com amendoim saiu de moda, pierrô, arlequim e colombina também deram adeus e foram-se embora. Sobrou o mulherio saudável e despido que hoje alegra nossa vista, nosso coração e nosso gesto.

Mudamos para melhor? Não sei. De uns tempos para cá, comecei a ver as coisas embaciadas e, obedecendo ao oculista, vou me retirar ao estaleiro para reparos. Ficarei fora uns dias, mas, desde já, saúdo o Carnaval que vai chegar. Com melhor visão do mundo, procurarei enxergar o rosto do pierrô, solitário, pálido de luar, tomando seu vermute com amendoim.

São Brás

Onze anos podem não ser muita coisa, mas, para um agnóstico como eu, cultuar durante 11 anos o protetor das nossas gargantas representa mais do que um esforço, uma predestinação.

Pois hoje, senhores incréus como eu, é dia dedicado a São Brás, epíscopo e mártir, cujos feitos em vida ignoro, mas cuja bênção nos livra de sufocações, desde o simples pigarro tabagista até o câncer letal.

Há 11 anos venho lembrando este santo, que não chega a ser popular como Santo Antônio, São Jorge ou São João, nem sofisticado como Santo Agostinho, mas é de comprovada eficácia "*a malo gutteris*" (males da garganta), como diz a oração que o invoca neste abençoado dia.

Já reclamaram que eu insisto em lembrar os ossos de Dana de Teffé. E nada de mais que lembre também esse santo que nos livra de ossos inconvenientes entalados em nossas goelas.

Parece que hoje, devido à eficiência de São Brás, há menos sufocações, menos tosses e pigarros. Na minha infância, era comum o sujeito se levantar da mesa, apoplético, com a mão no pescoço, olhos esbugalhados, vendo a vida por um fio.

Vinha então um samaritano de circunstância, dava uma porrada nas costas do sufocado e invocava o santo. O efeito era fulminante, ou por causa do santo ou da porrada.

Havia remédios da medicina oficial e alternativa para os males da garganta, xaropes miraculosos, pastilhas salvadoras, em casos mais complicados, cirurgias igualmente complicadas. Mas o remédio à mão, mais barato, de comprovada ação instantânea, era o epíscopo e mártir que viveu no ano 300 e qualquer coisa, não tenho certeza.

O único problema da santificada terapia era o efeito colateral provocado pela porrada. Na rua em que eu morava, havia um espanhol que tinha o apelido de Arranca. Sua especialidade era invocar o santo, dando um soco de baixo para cima nas costas do infeliz. Um tal de Sacadura, vizinho nosso, atrapalhou-se com um osso de galinha. Não morreu sufocado, mas ficou corcunda.

O MARINHEIRO DO RIO ARRUDA

Um clichê que continua em atividade garante que o primeiro amor não se esquece. Tampouco a primeira vez que se pratica o sexo. Menos importante do que o amor e o sexo, Carnaval a gente costuma esquecer ou, pior, misturar um no outro, dando tudo na mesma dentro da caverna onde guardamos a memória.

Para o meu bem ou para o meu mal, não esqueci o primeiro Carnaval. A festa não deixa de ser um processo. Em criança nos botam uma fantasia qualquer, pintam nossas bochechas e, se somos fotografados pelas revistas, merecemos a legenda: "O jovem folião."

Não é esse o Carnaval que conta. Quando nos descobrimos adultos, já passamos por muitos carnavais, nunca há o primeiro.

Contudo, desprezando os Carnavais da infância mais profunda, tive o meu primeiro Carnaval quando, aos vinte anos, saído do seminário onde estudava para padre, encarei outro clichê que a imprensa daquele tempo divulgava, o "tríduo momesco".

Não era mais criança e aprendera a desdenhar o diabo, o mundo e a carne. Uma prima, penalizada pela minha forçada inocência, fez questão de levar-me a um baile, um baile comportado. Mais tarde frequentaria bailes incrementados e até mesmo atentatórios à moral e aos bons costumes, um deles chamado "baile do cabide", em que se pendurava a roupa ou a fantasia num cabide e se dançava como o diabo e a carne queriam — a mesma carne e o mesmíssimo diabo que eu jurara renunciar para sempre.

Desajeitado, numa detestável fantasia de marinheiro do rio Arruda (o baile era em Belo Horizonte), a prima apresentou-me vagamente a algumas amigas e sumiu com um cara fantasiado de centurião romano ou coisa equivalente.

Sozinho, entregue às feras, fiquei pelos cantos, até que uma havaiana de coxas monumentais me tirou para dançar. Perguntou se era a primeira vez. Até hoje não sei como ela adivinhou.

DAKAR E BARRA DO PIRAÍ

Com frequência cada vez maior, sinto-me obrigado a louvar a ignorância, achando que a sabedoria atrapalha a vida das pessoas, embora minha vida seja bastante atrapalhada e sem qualquer sabedoria.

Tive um colega de CPOR, estudante de medicina, que, num acampamento em Gericinó, me declarou que, desde que começara a estudar anatomia, perdera o interesse pela atividade sexual. "É chato saber como e por que essas coisas acontecem."

Evidente que não dei razão a ele e continuei apreciando "essas coisas", mais do que devia, até, mas outro dia, num deslocamento aéreo, li uma peça promocional dos fabricantes do avião que me transportava. Fiquei sabendo coisas inúteis, mesmo assim inquietantes.

Por exemplo, um par de óculos esquecido num assento custa à companhia aérea cinquenta litros de combustível a mais, o suficiente para que eu vá, de carro, a Barra do Piraí e volte. Bem verdade que nada tenho a fazer em Barra do Piraí, mas fiquei impressionado: é combustível pra burro, levando inutilmente um par de óculos daqui para ali.

O detalhe me tirou a vontade de ler o restante da peça promocional. Lembrei-me do colega de CPOR que se desinteressou pelo sexo quando adquiriu um mínimo de sabedoria sobre a sua mecânica e o seu custo.

Nunca tive muito prazer nos deslocamentos aéreos que sou forçado a fazer por rotina profissional. Ignorando compactamente como um avião vai de um lugar para outro, pulga que pula quinhentas vezes o seu próprio tamanho. Jamais senti qualquer tipo de remorso por ter esquecido meus óculos num voo que fez escala em Dakar para trocar de aparelho.

Já faz tempo, tempo em que a escala em Dakar era mais ou menos obrigatória. Com o combustível que obriguei a companhia a gastar, poderia ir e voltar a Barra do Piraí todos os dias, até a consumação dos séculos. E o pior é que nada tenho a fazer em Barra do Piraí.

A verdade acima de tudo

Um leitor especializado em distâncias denunciou-me um erro cometido em crônica desta semana. Dizia eu que os cinquenta litros de combustível gastos para ir do Rio a Barra do Piraí eram exagerados. Com metade disso, num carro bem regulado, eu poderia ir e voltar a uma cidade onde na realidade não pretendo ir.

Dei o exemplo forçado pela gastança de combustível nas viagens aéreas. Um par de óculos esquecido num jumbo custa exatos cinquenta litros de querosene numa viagem mais longa.

Bem, sempre que me advertem em nome do rigor histórico ou científico, eu lembro aquele episódio do animador Flávio Cavalcanti, que tinha um programa na TV intitulado, se não me engano, "Um instante, maestro!".

Ele fiscalizava as letras das músicas populares, apontando erros de gramática ou de informação, baseado sempre no rigor histórico ou científico. Quebrava os discos, que naquele tempo eram quebráveis, em sinal de protesto.

Quando Adoniran Barbosa estourou com o seu "Trem das Onze", Flávio não perdoou aquele sucesso que se tornaria um clássico do nosso cancioneiro. Havia a queixa do autor, "se eu perder esse trem, que sai agora às 11 horas, só amanhã de manhã". Verso que, por sinal, daria título à música.

Flávio mandou tocar o disco. Quando os Demônios da Garoa chegaram ao trecho em questão, Flávio gritou: "Um instante, maestro!" Tirou o disco da mesa de som, mostrou o horário oficial dos trens que serviam Jaçanã e provou, por a mais b, que, depois do trem das 11, havia um outro, que saía à meia-noite para o mesmo destino. Em véspera de domingos, feriados e dias santificados, havia um outro, bem depois da meia-noite. Indignado, quebrou o disco diante das câmaras.

Sempre que apelam para o rigor histórico e factual, lembro o episódio do trem das 11, no qual, por sinal, Adoniran deixou um dos versos mais deliciosos de nossa literatura: "Minha mãe não dorme enquanto eu não chegar."

NOITES DE OUTRORA

Quando não tenho nada o que fazer, o que é mais ou menos frequente para os meus lados, gosto de mexer em guardados, não mais por curiosidade, que não a tenho, mas por necessidade de compreender o processo que me transformou naquilo que sou, contra a minha vontade e, muitas vezes, contra o meu próprio interesse.

Outro dia, numa velha caixa de charutos Partagás Supercoronas, encontrei um apito de madeira, daqueles que eram vendidos nas quitandas de antigamente. Alguns eram de barro, os mais eficientes eram mesmo de madeira ou de metal.

Para que serviam? Os tempos eram mais tranquilos, as casas tinham, ao lado da placa de numeração, geralmente em azul e branco, uma outra placa, vermelha, com as iniciais: V.N. Significava "vigilância noturna". Pelas noites mais antigas do passado, um guarda-noturno passava pelas ruas, apitando de quando em quando o seu apito. Era a ronda, era o apito que afugentava os ladrões, geralmente de galinhas. Dava à sociedade em geral uma tranquilidade gostosa, dormíamos em paz sabendo que o guarda-noturno velava pelo nosso sono, pelas nossas galinhas.

Além dessa proteção vinda de fora para dentro, da rua para casa, havia em cada mesinha de cabeceira um apito igual ao que encontrei entre os guardados de minha mãe.

Em emergência, em situação de perigo, quando um barulho parecia forçar uma porta ou janela e muitas vezes não era nada, era apenas o vento, ou quando as galinhas ficavam excitadas no quintal, ou um cachorro latia num terreno distante, era hora de pegar o apito e apitar. Mesmo que o guarda-noturno não aparecesse logo, o ladrão se escafedia, ninguém podia contra aquele som generoso e profilático que cortava o silêncio da noite, da noite mais antiga do passado.

Tanta Rachel

Há 73 anos, uma gráfica provinciana publicava o primeiro livro de uma jovem, edição particular, paga pela própria autora. "Descreva bem a sua aldeia e descreverás o mundo", aconselhava um romancista russo. A jovem de 19 anos, isolada no sertão cearense, não conhecia a frase. Mesmo assim, na capa de seus originais escreveu simplesmente *O quinze*, referindo-se à maneira nordestina ao ano de 1915 e, por extensão, à seca daquele ano. A seca que invadiu seu romance e, em seguida, a literatura nacional.

O ciclo regionalista, que se constituiria num dos mais fecundos do Brasil, teria seu começo, em conteúdo e forma, naquele pequeno grande romance da professora cearense de 19 anos.

O quinze não fez sucesso na crítica cearense, mas estourou no Rio e em São Paulo. Augusto Frederico Schmidt deu um salto à frente de sua época e dedicou ao romance famoso artigo.

A história é conhecida: Rachel não ficou na promessa e foi à luta. Publicou novos romances (*João Miguel*, *Caminho de pedras*, *As três Marias*, *Dôra, Doralina*, *Memorial de Maria Moura*), tornou-se cronista, fez teatro. Em conjunto, uma obra de consistência clara, atuante, sedimentada numa dignidade que se tornou um dos raros consensos nacionais. Em poema bastante badalado, Manuel Bandeira chamou-a de "nata e flor do nosso povo" e louvou o seu amor de tia. Outros preferem chamá-la de "madrinha" — e, em certo sentido, ela é realmente uma espécie de madrinha de todos os que escrevem neste país.

Basta uma releitura de *O quinze* para sentir a segurança com que a moça de 19 anos, num distante Ceará que só nos chegava pelos itas do Norte, invadiu o cenário e a literatura do Brasil. Seu estilo é enxuto, sem bordados. "Passava quase todo o dia na estação, alegre como uma feira, cheia de gente como uma missa."

O que difere Rachel de seus irmãos regionalistas (Zé Lins, Graciliano e Jorge Amado) é uma certa penumbra machadiana: "Tanta fome, tanta sede, tanto sol." Tanta Rachel.

O TENOR E O BARÍTONO

Tal como a obra de arte, uma boa piada é também uma obra em progresso, "*work in progress*". A piada que vou contar não chega a ser boa, mas, estando em processo, pode ser adaptada ao desabafo que Lula fez, na semana passada, classificando seus antecessores de covardes.

Num teatro lírico, o barítono fez a sua parte e foi vaiado com fúria pela plateia. Não se afobou. Quando as vaias e os tomates que lhe foram jogados acabaram, ele fez a ameaça: "Vocês ainda não viram nada. Esperem pelo tenor!"

A piada — que, como disse, não é lá essas coisas —, uma vez em progresso (ou processo), faria o tenor se referir ao barítono retroativamente: "Sou péssimo, mas o barítono foi pior."

É muito cedo para Lula dar uma esnobada dessa em seus antecessores. Uns pelos outros, foram até razoáveis, ficando a critério de cada geração escolher os piores e eleger os melhores. De qualquer forma, se os presidentes pré-Lula não foram integralmente corajosos, o atual tampouco tem revelado uma coragem excepcional. Pelo contrário.

Preocupado com a elegibilidade, ele esqueceu seu passado de lutas e promessas, aliando-se às mesmas correntes políticas que sustentaram o governo passado. Eleito limpamente, de forma insofismável, passou a preocupar-se com a governabilidade e, para governar, teve de aceitar as prioridades de seus antecessores, sobretudo a que coloca o nosso desenvolvimento na dependência do capital internacional monitorado pelo FMI.

Pode parecer ingenuidade colocar a questão em termos aparentemente tão simplórios, mas, enquanto um governo de país emergente, como o Brasil, não colocar a prioridade máxima no crescimento, o tal espetáculo que Lula continua a prometer não passará da troca de um barítono horrível por um tenor horripilante.

Sem olhos e sem dono

Já me perguntaram e eu mesmo me pergunto qual seria a imagem mais completa e dramática do abandono, da desgraça, da miserabilidade. Respondo aos outros, mas nem sempre tenho coragem de responder a mim: a do cão cego e sem dono. Ou pior: a do cão sem dono e cego.

Deve parecer exagero atribuir a um cão um dos atributos mais comuns à espécie humana. Mas o homem tem sempre uma alternativa, a de acabar com tudo quando nada mais suportar. Já disseram que o único problema que realmente enfrentamos é o suicídio, uma capacidade que os animais não têm, exceto, segundo já me disseram, mas não tenho certeza, o escorpião.

Além de dispor de uma saída radical para a miséria e o abandono, o homem é responsável, até certo ponto, pelo seu destino. Há sempre uma esquina errada que ele dobrou pela vida afora e cujo preço pagará inevitavelmente, mais cedo ou mais tarde.

O cão sem dono e cego é uma coisa viva e sofredora, sem apelação, pior do que inútil e desgarrado, pior do que desesperado, pois adquire a mansa lucidez de sua tristeza, de seu abandono, e desconfia de que nada possa mudar o seu destino.

À esta altura da crônica, antes que o possível leitor me faça, faço eu mesmo a pergunta: por que estou escrevendo um texto tão triste, tão despropositado e, acima de tudo, tão discutível? Afinal, eu não sou cego, ainda não cheguei ao ponto de me considerar um cão e tenho muitos donos, donos demais. De que estou reclamando? Não sou pago para escrever sobre um assunto que nem merece a condição de assunto. Mas escrito está.

Ontem, esbarrei com um cão sem dono e cego, que mancava de uma das patas, os olhos vazados não me viram, mas ele deve ter sentido o meu cheiro, a minha catinga humana. Vagava sem rumo aqui na Lagoa. Não o trouxe para casa. Quem é mais miserável?

Laranjas e livros

Nos tempos em que ia para Rodeio, nas velhas marias--fumaças, de repente deixávamos de sentir o cheiro do carvão queimado na caldeira da locomotiva. E um gostoso cheiro de laranja invadia os vagões. Joaquim Pinto Montenegro, meu tio, com a autoridade de quem se julgava dono de todos os dormentes, trilhos, equipamentos da antiga Central do Brasil, anunciava com a alegria severa de quem sentia aquele perfume todos os dias: "Estamos passando por Nova Iguaçu!"

Apesar da velocidade do trem, aquele cheiro de laranja nos acompanhava por muito tempo, era um laranjal contínuo e dourado nos dois lados do leito da estrada. Antes das laranjas, foram a cana e o café. Em Iguaçu, havia um porto fluvial que escoava a produção de uma das regiões mais ricas de um estado rico. Não sei se foi a República que arruinou tudo. Nobres solares apodreceram, os rios ficaram entupidos, a Baixada Fluminense transformou-se numa imensa cidade-dormitório, sugada pela União, que criara o Distrito Federal nas margens da Guanabara.

A velha Iguaçu também apodreceu, nasceu uma Nova Iguaçu que oferecia à capital mão de obra barata e farta. Até que começou a reação. Nesta semana, a cidade promove sua primeira Bienal do Livro, com o apoio do Sesc do Rio de Janeiro. Tudo no melhor padrão cinco estrelas, com a presença de escribas ilustres, como Moacyr Scliar, Ferreira Gullar, Nélida Piñon, Ruy Castro, Marina Colasanti, um evento que reunirá grande massa de alunos das faculdades que começam a se instalar na metrópole da baixada, que, com seus oitocentos mil habitantes, tem uma população igual ou maior do que a de muitas capitais europeias.

Já temos o exemplo de cidades como Passo Fundo e Gramado, no Rio Grande do Sul, que promovem festivais de cinema e de literatura de repercussão nacional. Joaquim Pinto Montenegro ficaria satisfeito se pudesse estar ali, participando. Ele gostava do cheiro de laranjas e de livros.

Céus e terras

Todos somos vítimas de ideias erradas a nosso respeito. No meu caso, não sei por quê, volta e meia apelam para mim em busca de conselhos sobre paixão. É um mal ou um bem? Devemos amar sem paixão? O limite entre o amor e o desvario é tênue ou profundo? Sinceramente, quem sou eu para responder a questão tão alienada, digna daquele concílio bizantino que discutia o sexo dos anjos.

O amor é necessário, a paixão é descartável. Mas é bom quando acontece. Todos os outros valores ficam irrelevantes — a fome que mata em Biafra, as torres do World Trade Center desabando, o nosso time sendo rebaixado à segunda divisão.

Tive um amigo que viveu uma paixão durante sete anos, como aquele Jacó do soneto do Camões, que se amarrou em Raquel, "serrana e bela". Não tomou conhecimento do assassinato de Kennedy, do golpe militar de 1964, dos Beatles, da morte de Guevara, do AI-5, do tricampeonato em 1970.

Possuído pela paixão, a Raquel dele chamava-se Marlene e morava no Méier. Ele vivia, respirava, sofria e gozava num só sentido, num único rumo: ela. O vestido que estaria usando, com quem sairia naquele sábado, a música que estaria ouvindo.

Ele flutuava no espaço, como um ectoplasma bêbado, somente pensando nela, mesmo quando estava com ela. Até que um dia a paixão acabou, despejando-o novamente na terra e no cotidiano de todos nós.

Encontrei-o então, furioso, queixando-se do ralo entupido de sua cozinha. Pagara adiantado a um bombeiro para fazer o serviço, o sujeito levara o dinheiro, esburacara o chão à procura do entupimento e desaparecera havia três dias. Como pode? Queria ir à polícia, escrever aos jornais, mover céus e terras, os mesmos céus e as mesmas terras que, por sete anos, não existiam para ele, muito menos um entupido ralo de cozinha.

A paixão tem isso de bom. Céus e terras deixam de existir, ficamos entupidos como um ralo que não escoa o nosso desatino.

A passionária

Não tenho certeza, mas disse que se chamava Sandra. Declarou idade e vocação: 18 anos, jornalista. Para o ano, se tudo correr bem para ela, fará comunicação social numa boa faculdade e irá à luta. Declarou-se revoltada contra tudo, quer mudar o mundo, acredita que o mal deva ser condenado e o bem promovido. Culpa a atual geração de jornalistas, e as anteriores, de complacência ou de cumplicidade com o erro, com o crime e com a burrice.

Apesar de incluído genericamente entre os complacentes e cúmplices de tantas e tamanhas desditas, dei-lhe a necessária força, desejando-lhe sucesso, fortuna e glória. Ela me olhou espantada, esperava uma reação qualquer, pelo menos uma defesa pessoal que me atenuasse a complacência e a cumplicidade.

Pensei que iria afastar-se, ofendida com o que lhe pareceu uma ironia de minha parte. Chegou a se virar para ir embora, reconsiderou, voltou a me encarar. E tentou explicar-se:

— Li um texto seu numa revista antiga. O senhor dizia cinicamente que conhecia o bem e o aprovava, mas seguia o mal. Onde se viu isso? Como deixaram que publicasse tamanha monstruosidade?

Quem ficou pasmo fui eu. Tomando meu estupor como confissão de culpa, ela sorriu, como se estivesse num ginásio de esgrima e dissesse: "*Touché*!" Deu-me as costas e sumiu entre outras pessoas. Não tive tempo para nada, só mesmo para lamentar a má sorte que me fizera estudar latim e apreciar Ovídio.

A candidata a passionária da imprensa lera mal e entendera errado um artigo que publiquei há tempos sobre o poeta. Foi dele a frase: "*Video meliora proboque, deteriora sequor.*" É evidente que dei crédito ao autor e acrescentei a tradução literal, que tanto a horrorizou. E, mais uma vez, amaldiçoei ter gastado o meu latim.

Brasil brasileiro

Ou o Brasil acaba com a saúva ou a saúva acaba com o Brasil. Os dois não acabaram, ainda, mas a frase continua valendo, desde que me sigam os que forem brasileiros, dos filhos deste solo mãe gentil e pátria amada.

Certo: nossos bosques têm mais flores, nossas flores mais amores e, se erguemos da justiça o braço forte, veremos que um filho seu não foge à luta nem teme quem te adora a própria morte. É bem verdade que, nas horas vagas, que são muitas, somos o brasileiro cordial, que levanta o lindo pendão da esperança, símbolo augusto da paz. (Tive um tio que se chamava Augusto e sempre que ouvia o hino da bandeira pensava que o augusto citado fosse ele.)

Independência ou morte — o grito às margens plácidas do Ipiranga está sendo prorrogado pela primeira medida provisória da nova nação, onde em se plantando tudo dá, até o coqueiro que dá coco. Não veremos país nenhum como este, e por isso me ufano e amo-o sem deixá-lo, desde que o último apague a luz do aeroporto.

"A Pátria!" — disse o tribuno com a voz embargada. E mais não disse nem precisava dizer, todos entenderam que pátria era, a dele, tribuno, e a nossa, onde o sol da liberdade em raios fúlgidos brilhou no céu da própria neste instante.

Um raio de esperança aterra e desce dentro de mais um minuto estaremos no Galeão, Cristo Redentor, braços abertos sobre a Guanabara, terra mais garrida do que a Alda Garrido, quem foi que inventou o Brasil? Não fui eu nem ninguém, foi a mulata assanhada, que é luxo só, abençoada por Deus e bonita por natureza, cujo seio formoso retrata este céu de puríssimo azul, a beleza sem par destas matas e o esplendor do Cruzeiro do Sul.

"Tenho dito!" — disse o orador que não dissera nada que prestasse. Ou o Brasil acaba com os oradores ou os oradores acabam com o Brasil.

O MELHOR LIVRO

Volta e meia me perguntam sobre o livro que mais me impressionou. Ao contrário de outras perguntas, para esta eu tenho a resposta na ponta da língua e no fundo da memória.

Trata-se de um livro especialíssimo, tão especial que comprei 12 exemplares de uma só vez. Não li nenhum deles, mas os distribuí entre amigos mais chegados, que, igualmente, louvaram a obra, constante de 1.252 páginas habilmente encadernadas, pois, apesar da grossura, equivalente a dos dicionários e das listas telefônicas, não se desventravam, permaneciam intactas, embora manuseadas com curiosidade.

O título era ao mesmo tempo soberbo e erudito: *Asas de Ícaro dos impostos*. O nome do autor era igualmente pomposo, aliás, era uma série de nomes dos quais só guardei o primeiro: Archibaldo, assim mesmo, com "chi", e não com "qui".

Na capa, com fundo azul, a foto do autor, sentado numa cadeira que, segundo a legenda ao lado, não era uma simples cadeira, mas uma "curul colonial". Archibaldo parecia vagamente baiano, certamente nordestino, pelo terno de caroá branco e pelos sapatos bicolores. Uma cara honesta, de bom cidadão, bom pai de família, formado em alguma coisa, o anel de grau bem visível, provavelmente contador ou advogado.

Metade das 1.252 páginas são dedicadas à biografia do autor, seus atos e feitos ao longo de uma existência que ele próprio considera "profícua". Acompanhamos Archibaldo do berço ao jardim de infância, no colo de sua primeira mestra, a inesquecível irmã Ritinha. Do berço ao tiro de guerra, onde se sagrou reservista de terceira classe. Finalmente, nos muitos caminhos e atalhos que Archibaldo percorreu neste mundo, bodas, batizados e féretros.

A outra metade das 1.252 páginas são dedicadas a uma violenta esculhambação contra um tributo que Archibaldo deixou de pagar e está sendo cobrado pela Receita Federal, com multa e correção monetária.

Judas, o arrependido

Um filósofo pré-socrático explicou por que só existe uma razão para a coragem e milhões de motivos para o medo. A coragem é direcionada para um alvo específico, pula-se o abismo, enfrenta-se a fera que nos assalta ou o inimigo que nos ataca. Já o medo é universal, teme-se a tempestade, o raio, o naufrágio, a bala perdida, a doença, o imposto sobre a renda.

A eleição de Lula provocou medo em algumas pessoas. Temia-se que ele botasse o Estado de direito no fosso, inaugurasse um governo populista, na marra, invertendo direitos e deveres do cidadão, promovesse, enfim, a revolução que sempre se espera dos excluídos que chegam ao poder.

Nada disso, até agora, aconteceu. Pelo contrário. Outro dia, um amigo dos mais cautelosos expressava sua admiração por Lula. Estava perplexo, mas exultante. Não votara nele, temia que a inflação voltasse, que houvesse desabastecimento nos gêneros de primeira necessidade, desordens várias e graves.

Todos os dias, procura nas folhas um edital, uma palavra de ordem do governo declarando que foi abolido o direito de propriedade, a inviolabilidade dos lares, a liberdade de consciência. E, como nada encontra nesse sentido, folga e rejubila-se, arrependido de não ter engrossado a grossa torrente eleitoral que colocou o PT no poder.

Peguei a palavra "arrependido" e fiz considerações sobre os grandes arrependidos da história e da lenda. Lembrei que Rabelais, após ter abandonado o sacerdócio, arrependeu--se amargamente e entrou para um convento. Mas logo em seguida arrependeu-se de ter se arrependido e voltou à sua vida de devasso.

E há o caso especial de Judas, o Iscariotes. Traiu seu mestre, beijou-o na face, entregando-o aos esbirros da ordem vigente. Depois, arrependeu-se e enforcou-se numa figueira. Não teve tempo de arrepender-se do arrependimento.

Questões de família

Em conversa com amigos franceses, fui questionado sobre minhas origens genealógicas e eles ficaram pasmos quando informei que nunca me preocupara em conhecer os ancestrais mais remotos. E que, em linhas gerais, os brasileiros, pela própria formação complicadíssima do seu povo, raramente são chegados a esse tipo de pesquisa.

Fiquei sabendo que, pelo menos na França, a mania, além de antiga, quase tradicional, entrou em moda, todo mundo querendo saber nomes e circunstâncias daquilo que feia palavra em português chama de "avoengos".

Um dos amigos disse que já chegou a seus antepassados em vigor durante a Revolução Francesa, que já tem mais de duzentos anos. Aí quem ficou pasmo fui eu. Naquele pega pra capar do Terror, cabeças coroadas rolando, o Estado fora do ar, como fora possível o registro civil continuar funcionando rotineiramente, registrando nascimentos, casamentos e óbitos? Os grandes romancistas do século XIX, Balzac, Stendhal, Flaubert, Zola, o próprio Marcel Proust, que pertence ao século seguinte, eram meticulosos na genealogia de seus personagens, mas, em geral, a trama e o cenário que invocavam eram posteriores às façanhas revolucionárias que mudaram a França e o mundo.

Mesmo durante o Terror, com a guilhotina cortando o pescoço de Deus e do diabo, o Estado como animal burocrático continuou funcionando normalmente. O mesmo acontecendo durante a ocupação nazista, na II Guerra Mundial.

Conheço alguns países em que basta um evento qualquer, uma Copa do Mundo, um Carnaval, um temporal mais forte em São Paulo ou no Rio, e a máquina oficial é paralisada — se dependesse da estrutura do Estado, nem o sol nasceria. Esta seria, talvez, a explicação para o desinteresse dos brasileiros em fuçar o passado. E aqueles que de alguma forma tentam a proeza sabem que vão acabar na cozinha ou na senzala.

Edição final

Num debate com estudantes, me perguntaram o que faltava para que o homem, a história, o mundo enfim, tivessem um sentido. Sinceramente, eu nunca me fizera essa indagação e me considero a pessoa menos indicada para uma resposta que não seja demente, como as que costumo dar quando não entendo ou não estou por dentro de um assunto.

A circunstância de estar sentado atrás de uma mesa, com um microfone e um copo d'água à frente, me impediam de dar um vexame, respondendo com honestidade: não sei. Afinal, aquelas pessoas ali estavam para saber o que eu julgo saber. E não para saber que eu nada sei.

Disse que falta à história e ao mundo uma edição final, a mesma edição que é feita no cinema, nos espetáculos, nos documentários e nos textos publicados na mídia. O mundo, a história e o homem não passam de um *making-of*, uma sucessão atabalhoada de cenas, frases, personagens, emoções, pontos de vista (ou de câmara) que necessitam de uma montagem posterior, na mesa de edição ou nas antigas moviolas dos laboratórios de cinema.

São infinitas tomadas, lavras subterrâneas vomitadas por vulcões, animais estranhos nas profundezas dos mares, guerras e massacres idiotas, cidades erguidas e destruídas, e de repente um sujeito cabeludo compondo a 9.ª Sinfonia e a estátua gigantesca de uma mulher quase nua num museu. Um homem matando outro, uma criança morrendo de fome, um barco solitário no oceano, um cogumelo de fogo subindo do chão, uma enfermeira tirando a pressão de um doente e dizendo: "16 por dez. Está alta!"

Que sentido pode ter tudo isso? Evidente que não há um roteiro prévio, as locações são aleatórias, os diálogos, improvisados, o *making-of* está sendo feito há bilhões de anos, com bilhões de intérpretes, bilhões de cenários.

Quando virá um editor final para dar sentido a tudo?

Areia de Pajuçara

Ida a Maceió para fazer palestra no Instituto Zumbi dos Palmares. Na manhã de sábado, decido ir à praia, aquela mesma Pajuçara que me deslumbrou, mil anos passados, quando estava escrevendo meu primeiro romance. Um romance ambientado no Rio, temas e personagens cem por cento cariocas. Acontece que interrompi o romance e fui dar com os costados em Maceió, a serviço, e caí duro diante daquele mar verde e imenso, inédito para meus olhos fatigados de tanta Guanabara azul.

Dois meses depois, quando voltei ao romance interrompido, fechava os olhos e só via aquele verde luminoso, extravagante, fatal. Para introduzir tanto e medonho mar no meu personagem, personagem urbano, deslocado de seu cenário material e espiritual, inventei uma jovem quase adolescente, chamada Yara, jeito de bugre, que quebrava tatuís com os dentes e os comia com gula selvagem. Quando a tarde caía, ela surgia do vento e ficava a olhar o mar, as jangadas. E eu ficava a olhar para ela.

O *intermezzo* em Pajuçara durou pouco no romance e na minha vida. Mas, na manhã de sábado, aproximo-me de uma barraca que vendia coco e Yara me aparece, tal como me aparecia quando a tarde caía, anos e anos atrás. Não lhe vi o rosto, ela não partiu tatuís com os dentes fortes. Limitou-se a pedir um coco e a beber a água pelo canudinho.

O mesmo cabelo de bugre caindo sobre as costas nuas, os mesmos braços jovens, a mesma tanga branca que parecia um farrapo, resto da vela de alguma jangada desativada ou em decomposição, ali em frente, na mesma praia em que ela fazia montinhos de areia molhada e depois chutava com os pés.

No romance, eu lhe perguntava por que chutava os castelos de areia que fazia com tanto cuidado. E ela sempre me respondia: "Era um castelo? Eu não sabia."

Chupando seu canudinho, ela se afastou. E eu chutei para sempre da memória o meu castelo de areia molhada, areia de Pajuçara.

A língua destravada

Tenho o mau hábito de apreciar oradores enxundiosos ou escalafobéticos — para usar dois adjetivos fora de moda. Nada me comove mais do que ouvir um sujeito imprecar contra tudo ou a favor de tudo, o conteúdo pouco me importa, o que vale é a veemência, o furacão verbal, o tom definitivo que geralmente acaba com o "Tenho dito".

Fui criticado pela esquerda nacional quando, após uma temporada em Cuba, disse que o mal da América Latina não era o subdesenvolvimento, mas a retórica. O rosto apoplético, a voz embargada, o suor escorrendo pela testa, o bem anunciado, o mal execrado.

Tive dificuldades de fala durante anos e até hoje sou ruim de tribuna ou mesa-redonda. Mas admiro aqueles que destravaram a língua e, como num pentecostes particular, começam a falar torrencialmente. Lembro um político importante que também tivera problemas de fala na infância e na mocidade. Um dia — ele próprio contava isso —, sentiu uma repentina mobilidade na língua e começou a fazer discursos enormes, sem pensar muito no conteúdo, mas na forma.

Foi assim que, comemorando o aniversário de um dono de revistas, iniciou uma de suas frases, dizendo que o produto do amigo era a maior publicação da cidade, do estado, do Brasil, do mundo... E aí percebeu que ainda lhe restava fôlego e voz. Não podia terminar deixando no ar o espaço para mais uma palavra. E como já havia mencionado a cidade, o estado, o país e o mundo, declarou que a revista era a maior da galáxia.

Outro político também, movido pelo mesmo entusiasmo verbal e oratório, elogiando um escritor nacional que ia mal das pernas e do estilo, considerou-o o maior "escriba do hemisfério", sem necessidade de explicitar se o hemisfério era o Sul ou o Norte. A dúvida era justificada, pois o escriba em causa nascera no Brasil, mas morava na Europa.

Vidraças e estrelas

Mais uma vez lamento não ter o Paulo Coelho à mão, aqui perto de mim, para consultá-lo a respeito de sinais. Ele é mestre em entender sinais, em interpretá-los, é fundamental para um sujeito que nem sabe interpretar os sinais de trânsito: estaciono o carro onde não posso e avanço sinais quando não há guarda olhando. Para mim, o Paulo é um oráculo.

O sinal que desejaria entender deve significar alguma coisa importante. É a mania que a turba tem, periodicamente, por isso ou por aquilo, de sair por aí quebrando vidraças. Mudam as causas, mas o gesto é o mesmo. Na Noite dos Cristais, os nazistas quebraram as vidraças das lojas que pertenciam aos judeus — um sinal do que viria logo a seguir, com os campos de concentração e o extermínio.

Na Revolução Francesa, não havia muita vidraça a ser quebrada, mas quebraram a Bastilha, que era feita de pedra, e não de vidro, mas funcionava como uma vitrine da repressão de uma monarquia em coma.

Aqui, no Brasil, volta e meia se quebra uma vitrine comercial em nome de alguma causa circunstancial. Por vários motivos, havia vitrines preferenciais, como a da antiga Embaixada, hoje consulado, dos Estados Unidos aqui no Rio. Tropas em Santo Domingo, invasão de Granada, golpe na Guatemala, guerra na Coreia e no Vietnã — não faltavam motivos, e um carro desconhecido, na alta madrugada e em alta velocidade, passava por lá, atirava uma pedra e a vidraça se partia. O Tesouro Americano não chegou a falir, embora pagasse a conta dos vidraceiros que repunham uma nova vidraça.

Na semana passada, foram vidraças em Brasília, muitas e tentadoras, que foram quebradas. É evidente que a consciência moral e cívica de todos nós repudia aquilo que, em momentos tais, é chamado de "vandalismo".

Mas, segundo o Paulo Coelho, tudo é sinal neste mundo. Como as estrelas do Olavo Bilac, há que entendê-los.

Genealogia do nada

Aprendi com um professor, lá no seminário em que estudei, que só há duas maneiras de enfrentar uma situação difícil como a que agora atravessamos, quando suspeitamos que tudo vai mal na vida pública, de tal forma que, independentemente de estarmos certos ou errados, de estarmos ou não envolvidos pessoalmente na crise, sempre sobra alguma coisa para o nosso lado.

A primeira dessas maneiras é rezar. Pode ser o caso de muitos, mas não o meu. Só rezo em momentos especiais, muitos especiais, quando o avião enfrenta uma turbulência braba ou em turbulências outras e mais ou menos inconfessáveis.

A segunda é apelar para os poetas, não os poetinhas da vida, mas os poetas mesmo. E nenhum deles melhor, tirante os grandes clássicos (Ovídio, Horácio, Virgílio, Shakespeare, Dante, Camões etc.), do que T.S. Eliot, talvez o único do século XX que aumentará a lista dos grandes clássicos.

"Que rumor é este?/ O vento sob a porta./ E que rumor é este agora? Que anda o vento a fazer lá fora?/ Nada. Como sempre nada."

O que está ventando sob nossas portas não é mole. Começou com um caso de suborno quase banal, desses que acontecem todos os dias, em todas as horas e sob todos os pretextos. A corrupção de um funcionário subalterno dos Correios, coisa de R$ 3.000, provocou um tornado, um tsunami que engolfa deputados, ministros intocáveis, salvadores da pátria de vários tamanhos e feitios, até o presidente da República.

É a velha história: uma borboleta bate as asas na Tailândia e um furacão devasta a Flórida. Percebemos o rumor sob a porta. Sabemos que é o vento que bate lá fora. Que quer o vento que bate lá fora? Diz o poeta que nada, como sempre nada.

É mais ou menos o que começamos a suspeitar. O que há de rumor por baixo de nossas portas não é mole. Apesar do vento que se transformou em furacão, mais cedo ou mais tarde ficaremos face a face diante do nada.

Visões e previsões

Final de ano, o conservadorismo que domina a maioria da mídia estabelece que é época de balanços e previsões. As retrospectivas são colossais matérias de arquivo, o *déjà-vu* repetido à exaustão. Fica-se sabendo quem morreu, quem ganhou isso ou quem perdeu aquilo. Isso vem de longe e há gente que gosta.

Quanto às previsões, o furo é mais em cima. Macumbeiros de vários tamanhos e feitios, videntes e paranormais, palpiteiros, toda uma fauna é mobilizada e ganha sua *finest hour*. Quem curte o gênero treme nas bases, vende a alma e até o corpo para evitar as catástrofes que se armam no horizonte.

Anos atrás, descobri que era fácil prever o futuro alegando que se havia previsto o passado. Peguei um personagem criado por Caio de Freitas e inventei um astrólogo chamado Allan Richard Way, que todos os anos era entrevistado por um jornalista também fictício, Robert MacPherson — nome de um ex-jogador da seleção inglesa.

O charme do meu vidente é que, a cada ano, o jornalista espantava os leitores com as revelações que haviam dado certo — e como a memória costuma ser curta, ninguém reparava, ou se reparava achava que não valia a pena reclamar.

Allan Richard Way previu a morte de John Lennon, o embargo do petróleo na Guerra do Yom Kippur, o casamento de Onassis com Jacqueline Kennedy, o terremoto do México, a vitória da Alemanha na Copa de 1974, um desastre de jumbos que matou mais de seiscentas pessoas — o futuro não tinha mistérios para ele, que possuía suficiente memória para saber o que havia acontecido no ano anterior.

Os poucos palpites que arriscava eram tão furados quanto os de qualquer outro astrólogo, mas houve uma exceção. Eu precisava fazer uma chamada de duas linhas com 72 batidas de máquina e Jean-Paul Sartre andava mais pra lá do que pra cá. O diabo é que o nome do escritor estourava as duas linhas e eu tive de reduzir algumas batidas. O único nome que me veio à cabeça foi o do ator Jean Gabin. Dava na medida exata. Ele estava ótimo, saudável. Morreu naquele ano e Allan Richard Way pela primeira e única vez acertou na mosca.

Vamos até lá

Bimbalhados os sinos, mais um Natal escorregou no tempo e a vida continua. Quando era criança, ficava admirado de só existir um Natal por ano, achava que todos os dias deviam ser iguais àquele, quando o carteiro nos dava um cartão de festas e papai lhe dava alguns trocados. E havia sempre o brinquedo novo na janela do quarto — quarto que não mais existe, nem brinquedo, nem carteiro, nem o próprio pai existe mais.

Conheço gente ligada ao Carnaval que tem sentimento parecido: gostaria que o ano todo fosse Carnaval, o que de fato acontece, se olharmos a vida e nós mesmos sob certo ângulo. Natal é mais difícil.

Machado de Assis é citado quando se fala no tema: não é o Natal que muda, somos nós que mudamos. De qualquer forma, acreditando-se ou não em Deus e, em especial, na lenda cristã, a magia de uma noite em que nos nasce a esperança é pedaço de chão humano que escora a nossa fatigada responsabilidade.

Agnóstico, poço de pecados, sempre me comovo ao ler o trecho de Lucas que constitui o Evangelho do Natal. O menino nasceu no meio do silêncio — "*dum medium silentium*"– e é no silêncio que nasce a nossa esperança, é no silêncio que nasce o amor. O próprio Lucas diz que os anjos logo romperam o silêncio e cantaram a glória a Deus nas alturas e a paz na terra aos homens de boa vontade. Problema deles, dos anjos, que assim reagiram ao acontecimento.

Com os homens foi diferente. Os pastores dormiam na imensa noite do deserto da Judeia e foram despertados pelo cântico dos anjos. Assombrados, fizeram o que os homens de boa vontade podem fazer: "Vamos até Belém!" É urgente que se faça alguma coisa e essa alguma coisa é ir. Ir na direção revelada, em busca do revelado amor.

Apesar da *inside information* vinda dos anjos, os pastores chegaram atrasados e perderam a *pole position*: quando chegaram, o burrinho e a vaca lá estavam, esquentando com o hálito morno o corpo do recém-nascido. Mesmo assim, valeu a ida. Nossa desgraça é quando a preguiça, o medo ou o orgulho — juntos ou separados — impedem que façamos o caminho onde uma estrela aponta que o amor está ali.

A reabilitação das galinhas

Nas longas noites, nas noites dos anos mais antigos do passado, nos momentos em que o sono era leve e o silêncio profundo, ouvia-se o apito solitário do guarda-noturno que atravessava as ruas e os caminhos marcando a presença da lei e da ordem. Era bom ouvir aquele apito: eu me sentia guardado e protegido dos malefícios do mundo. Como segurança suplementar, minha mãe tinha na mesinha de cabeceira, ao alcance da mão, um apito igual — que aliás nunca foi usado. As pessoas em perigo, os lares ameaçados tinham aquele recurso para convocar o homem da lei que velava sobre nós e sobre nosso sono.

Bem verdade que os malfeitores daquele tempo eram simples ladrões de galinha — pois todas as casas tinham galinhas, fartas galinhas que botavam ovos e abasteciam os ajantarados com a canja e o assado.

Hoje, não existem guardas-noturnos e ninguém tem galinhas: elas nos chegam dos supermercados, congeladas, plastificadas, com um termômetro dentro da carne, para facilitar as coisas.

Se tivéssemos galinhas nos apartamentos e coberturas, talvez resgatássemos o ladrão de antigamente que, com elas, obtinha sustento e trocados para as demais necessidades. Sem galinhas para roubar, de que viveria um ladrão de galinhas? Conhecemos a alternativa. Eles invadem nossas casas e vão logo perguntando pelos nossos dólares (às vezes inexistentes), nossos videocassetes, nossa provável parafernália eletrônica e importada.

Não há, pelas ruas e caminhos das cidades aquele pastor solitário trinando seu apito — anúncio da lei, reclame do Estado. Tampouco adianta termos apito nas mesinhas de cabeceira: quem nos ouviria?

A culpa, como se depreende, é das galinhas. Ou melhor, da ausência das galinhas. Os arquitetos e decoradores poderiam reservar, na planta de seus projetos, dois ou três metros quadrados para o cultivo de galinhas. Criando-se a oferta, viria a procura e voltaríamos àquilo que os americanos chamam de "velhos bons tempos".

Deixo a sugestão. De todas as nostalgias a que me permito nas horas vagas, a mais inútil, talvez a mais desculpável, é a daquele apito solitário varando a noite — a noite dos anos mais antigos do passado.

Chapéu na mão

Três vezes a porta bateu, três vezes ninguém atendeu. Há vinte anos venho tentando escrever um romance que comece e termine com essas poucas palavras. Volta e meia sento em frente ao computador e deixo na telinha a frase, isenta e destacada: três vezes a porta bateu, três vezes ninguém atendeu.

Uma frase que deve estar errada. O certo seria: bateram três vezes à porta, ou na porta. Tanto faz. A trama, o drama, estão todos aí. O romance resume-se exatamente nessa frase, princípio, meio e fim, a porta que bate três vezes e por três vezes ninguém atende.

Um enigma, uma constatação da incomunicabilidade, ninguém ouve, ninguém atende? Um crítico lúcido e descompromissado poderia escrever longo e profundo ensaio sobre a impenetrabilidade da vida moderna: três vezes a porta bateu, três vezes ninguém atendeu.

Fica sendo, desde Homero, que iniciou a ficção na história, o romance mais curto e bastante da literatura universal. Assumo-o e dele terei orgulho, mas sem vaidade. Terei problemas, sim, em encontrar editor que se disponha a publicá-lo. Pior: será impossível encontrar leitores que o comprem e, comprando, que o leiam. E, lendo, que o compreendam. Pior para os outros: por três vezes a porta bateu, por três vezes ninguém atendeu.

Nada a ver com aquela Terezinha de Jesus, que por três vezes foi ao chão. Nada a ver com os três cavaleiros que a acudiram, todos os três de chapéu na mão. Importa é que três vezes a porta bateu e três vezes ninguém atendeu.

Quem será que bateu à porta? Vinha pedir esmola? Avisar que o rei morreu? Que a esperança nasceu? Mais uma vez, não importa. E tanto faz, porque ninguém atendeu. O importante é saber: por que não atenderam à porta? Não havia ninguém ou todos estavam mortos?

Tão temeroso estou, e tão sozinho, que nem reparei: a porta bateu três vezes e três vezes ninguém atendeu.

Ossos do ofício

Durante anos, como editor de revistas, algumas semanais, outras mensais, folgava no final e no início de cada ano: a pauta de dois números seguidos era feita por geração espontânea, designava um cara para fuçar o ano que passara e outro para prever (em termos) o ano que começava.

Aparentemente, a retrospectiva saía mais fácil, bastava consultar os 12 últimos números da própria revista, selecionava-se aqui e ali uma foto, um texto — e pronto, a edição se fazia sozinha.

Difícil era prever o que o novo ano traria para o mundo e para o Brasil. Tirante alguns assuntos recorrentes, que estão sempre em processo, era difícil imaginar o que de bom ou de mau esperava a humanidade. Para quebrar o galho, procurava-se alguns videntes, profissionais ou amadores valiam o mesmo, astrólogos consultavam seus siderômetros, toda a sua parafernália zodiacal, e, quando o material obtido era pouco e não era convincente, inventava-se alguma coisa mais ou menos provável, bem vaga. Por exemplo, em ano de Copa do Mundo, "o Brasil terá papel destacado no futebol".

Onde a porca torcia o rabo era no setor econômico. Os técnicos do governo prometiam mundos e os técnicos da oposição prometiam fundos — ou, mais exatamente, o fundo do poço. Todos chutavam, manobravam números, faziam gráficos complicados provando que o preço da soja subiria e a crise no Oriente Médio afetaria dramaticamente as exportações.

Para tirar a média da média de tudo isso, competia ao editor dar o título geral da matéria e, aí, sim, o problema era meu. A linha editorial das revistas era a do otimismo — e eu sempre fui pessimista. Na queda de braço entre o otimismo da empresa e o pessimismo pessoal, buscava então um título realista, que, aliás, sempre se realizava: "O próximo ano repetirá erros e acertos do ano que passou."

Barril de cerveja

Ser ou não ser — não sou fanático pelo surrado monólogo do Hamlet nem pela própria peça em si. Em matéria de Shakespeare, prefiro *Otelo*, *Macbeth* e *Júlio César*. Mas sempre me intrigou aquela cena do cemitério, em que o príncipe segura o crânio de Yorik, o bobo da corte que ele conhecera em criança, e diz para Horácio:

"*Alexander died, Alexander was burned, Alexander returned into dust, the dust is earth.*" Alexandre morreu, Alexandre foi enterrado, Alexandre tornou-se pó, o pó é terra. E Hamlet conclui que da terra faz-se a argila e com a argila se pode fazer a tampa de um barril de cerveja.

Não se trata de simples paráfrase do *memento homo*, lembra-te, homem, que és pó e ao pó retornarás, a frase que geralmente é colocada no portal dos cemitérios.

Com o crânio de Yorik nas mãos, Hamlet pensa num dos grandes da história e descobre que, depois de certo tempo, Alexandre em nada se diferencia do bobo da corte.

Pedindo perdão pelo tema macabro, lembro que hoje é Dia de Finados — e aí está. Tanto Alexandre, o Grande, como Yorik, o palhaço da corte do rei da Dinamarca, todos ficaram nivelados no mesmo pó e deste pó, transformado em argila, pode-se tampar barris de cerveja.

Tenho a impressão de que o Dia de Finados foi instituído para honrarmos os mortos, rezarmos por eles e deles sentir saudades. Seria essa a finalidade cristã desta data. Uma finalidade nobre e sentimental, da qual não sou exatamente devoto, achando que devemos tirar outra lição de nosso destino biológico.

Vejo a data de outro modo. Uma advertência que nos condena o orgulho e a vaidade. "Mas para que tanto sofrimento se lá fora há o lento deslizar da noite?" — cito outro poeta. Mais cedo ou mais tarde, os vivos de hoje talvez nem sirvam para tampar barris de cerveja.

O menino triste

Semana passada, escrevi sobre o marinheiro triste, poema de Manuel Bandeira que é recorrente na minha vida e na vida de muita gente. Hoje falo do menino triste, que é mais ou menos a mesma coisa.

Tive um amigo que passou por transe amargo. Casado, bem-casado por sinal, foi intimado pela justiça. Uma mulher entrara com uma ação de paternidade. Alegando que tivera um caso com ele, e que deste caso tivera um filho, exigia que o pai reconhecesse o garoto.

Naquele tempo não havia teste de DNA. Nem prova cientificamente válida para provar ou negar uma paternidade. Um processo desses limitava-se a provas testemunhais e, eventualmente, à semelhança do filho, já adulto, com o pai — prova que podia ser contestada, mas que, em princípio, obrigava o pai a reconhecer o menino.

Não era o caso. O menino andava pelos dez, onze anos. Mesmo assim, o juiz ordenou um encontro do pai com o filho. Marcada a audiência no cartório respectivo, o meu amigo acordou no dia indicado pelo oficial de justiça, a mulher deu-lhe uma força, garantindo que acreditava nele, nele acreditaria sempre.

Duas horas depois, ele voltava para casa, de cabeça baixa, baixo o moral. A mulher perguntou como tinha sido. Ele abanou os braços, derrotado. Havia reconhecido o filho.

Desabou numa poltrona, sem coragem de encarar a mulher. Mas como? Ele nunca escondera o caso que tivera com aquela mulher, mas sempre garantira que tudo não passara de um episódio breve, sem profundidade, que não deixara cicatrizes em nenhum dos dois envolvidos. E de repente, um filho.

Como explicar à mulher? Sim, encontrara o garoto. Era magro, silencioso e triste. Olharam-se pouco. O juiz perguntou se reconhecia o menino. Ele disse que sim. A mulher quis saber por quê. Ele respondeu: "É tão triste que só pode ser filho meu."

Ainda que não olhemos para trás

Faz de conta que tomo a tua mão: o barranco é pequeno mas grande é a vista que se vê daqui de cima. Lá estão os açudes, dois lagos abertos no fim da estrada. Não, não são tão azuis como parecem daqui de cima. O azul que estamos vendo é o do céu que neles se reflete. Do outro lado, a mataria do Cruzeiro despeja sua esverdeada sombra sobre as águas. Sim, e há naturalmente o Cruzeiro. Antigamente era cemitério de escravos. Agora cresceram as quaresmas e um dia vieram os padres e colocaram uma cruz lá em cima. À noite, eu era pequeno e ouvia vozes saindo dessas matas. Os mais velhos diziam que eram gemidos dos escravos mortos e eu tinha medo. E sabia que este medo, feito de quaresmas e gemidos, já era medo também de te perder.

Agora, a sombra da nuvem alcança a parte superior da cachoeira. Era proibido tomar banho naquelas águas, as mesmas águas que o sol ainda ilumina neste final de tarde. Aos pés da cachoeira li os primeiros livros proibidos. Aliás, tudo era proibido ali, livros e águas, e depois de ler amores clandestinos e violentos ia esfriar a adolescente carne naquelas — também proibidas — águas. E já sabia que tu também me serias proibida um dia. Os milharais não são diferentes dos milharais do meu tempo. Parecem os mesmos, mesmas as espigas, mesmas as silhuetas que o mesmo vento açoita e verga. Um dia associei os milharais à ideia da fecundidade. Da fecundidade da terra. E achava os milharais generosos e bons e me sentia generoso e bom também. E já pressentia que era preciso ser generoso e bom para te merecer.

Ali o bosque. Tomo tua mão novamente, para que pulemos juntos o pequeno riacho que embebeda estas matas que aqui começam. Ali os bambus, que se atiram para cima das águas. Num daqueles bambus, talvez no mais velho e triste, há o meu nome gravado. Lembro que deixei um espaço ao lado, para um dia completar com o teu nome. Pois já sabia então que tu me completarias. Na carne do bambu e na minha carne eu já te esperava e tu me ocupavas. Não sei se devo mostrar-te isto aqui. Parece uma casa por fora, mas é uma capela. Aqui rezei durante muitos dias e noites, pedindo um pouco de não sei o que. Hoje — agora que sinto tua mão na minha — sei que naquele tempo eu já te pedia, inconscientemente te rogava.

Passemos por aqui. É a Fonte do Menino. Quando aqui vim já era Fonte do Menino, e diziam que um menino antigamente se afogara no poço que havia ao lado. E de início eu sentia repugnância de beber aquela água contaminada pela morte. Mas vinha de longe às vezes, castigado pelo sol das serras, e a primeira fonte que encontrava e que me esperava, acolhedora e fresca, era essa. Então deixava que a cabeça esfriasse ao contacto dessa fria água saída das entranhas da terra que eu tanto amava. O refrigério nos cabelos e nas frontes, o alívio na garganta ressecada, a respiração acalmada, tudo era uma sensualidade estranha e imprecisa que eu desfrutava como se desfruta um amor. E já sabia que um dia teus dedos deveriam acariciar meus cabelos e frontes, e já sabia que tua boca me dessedentaria de entranhas sedes que já se formavam, em silêncio, no fundo e na treva de minhas cobiças.

Faz de conta — enfim — que terminamos no mesmo local onde terminei, certa manhã, minha adolescência. Olhemos mais uma vez os açudes: agora estão a nossos pés, e são como todos os açudes do mundo. Tomemos esta canoa — é a mesma do meu tempo, veio de longe, trazida em lombo de boi. A madeira está rachada, a pintura é velha, e o nome está apagado na proa e na minha memória. Lembro que esta canoa tinha um nome comprido, talvez Magnólia ou Crepúsculo, mas é melhor que agora não tenha nome nenhum. E lembro que, ao cair de uma tarde igual, tomei a canoa anônima e deitei-me no fundo. Deixei que o próprio peso servisse de leme e fiquei olhando este céu, este Cruzeiro, estas matas — e aquele sino que agora está mudo. Mas de repente o sino tocou e eu me levantei um homem. Pois façamos novamente este passeio. Deitemos no fundo e deixemos que o nosso próprio peso nos leve pelos pequenos limites deste mar contido pelas matas. O sino não tocará, é certo, e se um dia tivermos necessidade de nos levantar, não choremos sobre nosso pecado, mas alegremo-nos de nos havermos amado. E abençoaremos — juntos — os nossos cabelos revoltos e quando voltarmos por aquele portão, ainda que não olhemos para trás, saberemos que aqui começam a nossa fortaleza e a nossa glória. O nosso mundo, feito sem fomes e sem nomes.

O menino e a janela

Era uma noite dos anos mais antigos do passado. E havia no ar o resto de uma canção estendida sobre o mundo. E o cheiro de jardim molhado no final da tarde. O menino estava na janela e olhava a noite. E a noite se tornou manhã e tarde, noite outra vez — e assim sucessivamente. E diante do menino passaram as coisas, passou o tempo e passou o mundo. Os mascarados do Carnaval, o sorveteiro e a leprosa que pedia esmolas, o lenço encardido escondendo o rosto desfigurado. Passou o guarda-noturno tocando seu apito no silêncio das ruas vazias. E o pequenino vendedor de amendoim correndo pelas calçadas com sua lata cheia de brasas.

E numa noite dos anos mais antigos caiu um balão, o menino ficou deslumbrado com o fantasma iluminado que desceu da noite e escolheu o seu quintal, e nele pousou, trêmulo e fatigado. O pai foi lá, apagou o balão e o entregou ao menino: o balão com o gosto da noite, frágil, ainda morno, pássaro noturno que não podia mais voar. Pela janela do menino passou a catedral, imensa, nave de mármore, incrivelmente branca, boiando no espaço, vazando luz por suas altas janelas. E ele ouviu os cânticos, matinas e laudes, que vinham de seu bojo encantado. E assim o menino ficou esperando a hora das coisas que aconteciam na noite do mundo.

Sim, mudaram o jardim, o quintal não era mais, o balão apodreceu em sua carne de papel colorido. A catedral desapareceu no mais fundo do céu, levando para o longe da noite seus cânticos, matinas e laudes, sua luz jorrando de altas janelas. Só o menino restou ali, intato, vendo passar os mascarados, o pierrô de rosto branco, banhado de luar.

Num pulo do tempo. Passou a fachada verde e rosa de Santa Maria dei Fiori. Passou o estandarte grená e ouro aberto sobre a Piazza San Marcos, os músicos do Café Florian tocando, talvez "Hindustan", talvez "The Sheik of Araby". E o vento da laguna apodrecida trazendo o cheiro de algas menstruadas. Passou a lenta procissão dos fantasmas, carrossel silencioso e apagado, assinatura final de todos os domingos, fim de noite, noite dos anos mais antigos do passado. Uma voz chamou o menino para dentro.

Sobre o autor

Por André Luis Batista

Filho do jornalista Ernesto Cony Filho e de Julieta Moraes Cony, nascido em março de 1926, na cidade do Rio de Janeiro, Carlos Heitor Cony é um verdadeiro contador de histórias, tanto reais quanto ficcionais. Uma delas é a que costumeiramente contava em entrevistas ao ser perguntado sobre os percalços da infância. Quando criança, dizia ele ter ficado "mudo" até os cinco anos de idade, vindo a expressar as primeiras palavras após um deslumbramento ao ver e ouvir um hidroavião na praia. Cony nos conta ter convivido com grandes dificuldades de relacionamento pessoal até os 15 anos de idade, por conta de um problema de dicção, resolvido após uma cirurgia de correção. Todas essas situações de dificuldades com a fala foram para ele o que lhe aproximou do mundo encantado da escrita.

As relações com questões religiosas também renderam interessantes histórias de nosso autor. Cony, ainda criança, apaixonou-se pelos cerimoniais religiosos e ingressou no Seminário Arquidiocesano de São José em 1938, se destacando como um dos melhores alunos da instituição daquele ano, o que lhe rendeu inclusive um prêmio. Assim, resolveu se dedicar às questões do sagrado, direcionando seus estudos e se empenhando em aprender cada dia mais sobre filosofia, teologia e história da religião. O amor pelas liturgias não garantiu, porém, a continuidade na carreira sacerdotal. Cony não se tornou padre por conta da desilusão e incompatibilidade com o sacerdócio. Todavia, foi no seminário que mergulhou mais fundo no mundo literário. Foram, dentre outras tantas referências, as fantasias científicas do escritor francês Júlio Verne que fizeram do garoto Cony um apaixonado por aventuras e amante das artes literárias.

Ao desistir do sacerdócio, passou a ajudar o pai na redação do *Jornal do Brasil* e em 1947 recebeu sua carteira de jornalista. Tornou-se redator somente em 1952, na Rádio Jornal do Brasil, onde oficialmente inaugurou sua carreira. Entre os anos 1958 e 1960, ainda muito jovem, publicava no *Jornal do Brasil* seus contos, ensaios e traduções. Já em 1961, encaminhou-se para o *Correio da Manhã*, no qual foi redator, cronista e editor. Em meio ao contexto histórico conturbado da época, foi preso várias vezes por conta de seu posicionamento crítico. Após inúmeras e cotidianas perseguições sofridas, o autor exilou-se na Europa e depois em Cuba, regressando ao Brasil tempos depois.

Na virada do milênio, Carlos Heitor Cony passou a encorpar o grupo restrito de personalidades selecionadas pela Academia Brasileira de Letras como "imortais". Cony lançou-se na carreira literária com o romance *O ventre*, em 1958, logo depois vieram os romances *A verdade de cada dia* (1959) e *Tijolo de segurança* (1960), livros que lhe renderam o Prêmio Manuel Antônio de Almeida e abriram-lhe uma distinta carreira literária que traria frutíferas premiações, como o Jabuti e o Prêmio Machado de Assis. Por suas obras é considerado importante nome da literatura neorrealista no país. São mais de 17 romances, entre os quais *Pilatos*, seu livro favorito, publicado em 1973.

Direção editorial
Daniele Cajueiro

Editora responsável
Janaína Senna

Produção editorial
Adriana Torres
Laiane Flores
Juliana Borel

Revisão
Juliana Borel
Mariana Bard

Capa
Rafael Nobre

Diagramação
Ranna Studio

Este livro foi impresso em 2024, pela Reproset, para a Nova Fronteira. O papel do miolo é avena 70g/m² e o da capa é cartão 250g/m².